这件事到底有没有意义

曹寇 著

北京联合出版公司

图书在版编目（CIP）数据

这件事到底有没有意义 / 曹寇著. -- 北京：北京联合出版公司, 2022.4
ISBN 978-7-5596-5857-9

Ⅰ. ①这… Ⅱ. ①曹… Ⅲ. ①短篇小说—小说集—中国—当代 Ⅳ. ①I247.7

中国版本图书馆CIP数据核字(2022)第021962号

这件事到底有没有意义

作　　者：曹　寇
出 品 人：赵红仕
选题策划：后浪出版公司
出版统筹：吴兴元
特约编辑：张媛媛
责任编辑：孙志文
营销推广：ONEBOOK
装帧制造：墨白空间·郑琼洁

北京联合出版公司出版
（北京市西城区德外大街83号楼9层　100088）
北京天宇万达印刷有限公司　新华书店经销
字数148千字　889毫米×1194毫米　1/32　8印张
2022年4月第1版　2022年4月第1次印刷
ISBN 978-7-5596-5857-9
定价：56.00元

后浪出版咨询(北京)有限责任公司 版权所有，侵权必究
投诉信箱：copyright@hinabook.com　fawu@hinabook.com
未经许可，不得以任何方式复制或抄袭本书部分或全部内容
本书若有印、装质量问题，请与本公司联系调换，电话010-64072833

目 录

自 序 1

第一部分

妻 子 4

丈 夫 9

母 女 14

小 陶 23

对 食 31

老 友 41

林 燕 48

旅 行 58

读经日 68

第二部分

张德贵小传 78

分别少收和多给了十块钱 82

男厕外传来了有人吗的女声 91

这件事到底有没有意义 101

垃 圾 105

在杭州 114

朕好伤心 124

办大事 132

铁砂掌 143

第三部分

幸福的童年 152

我们发现了石油 160

风 波 169

梦 境 178

复 仇 184

台风之夜 189

这就是我家的玉米地 201

夜 深 209

1/5040 217

狗 234

自 序

2014年左右，我和杨波、朱白、赵志明、李红旗等人撺弄了一个叫"反常"的公众号，我们几个人每周轮流贴自己的东西，以至于还众筹印了一本纸质书《反常1》。此书卖得不错，大家还借此去了一趟泰国。并计划着《反常2》的印刷和销售。可惜不仅《反常2》至今无影，公众号也基本荒废了。其中原因说来复杂，就不叙了。

此番我删除若干篇幅的同时，也补充了一些，凑成此编，以示敝帚自珍云云。

2020年7月

* 南京市文联签约作品　南京市栖霞区重点文艺创作项目

第一部分

妻 子

李瑞强在一家国企当科长,每天上班后,除了处理一些文件,就是翻阅无穷无尽的报纸。当然,这是早前,现在没人看报纸,有电脑和网络,他每天习惯性地看看国家大事之后,就是斗地主。他属于斗地主高手,分值已越九万,十万近在眼前。不过,奇怪的是,他只在网络上斗,现实生活中,从来不参与牌局,应酬也能推就推,没喝醉过。一下班就回家忙家务,照料小孩。在眼下这年头,他严谨的生活态度获得了大多数人的好感,备受领导信任,但也正因此,他当上科长后,也就到此为止了,看不出还有高升的希望。

他的妻子刘晓华则因为"对生活充满幻想"(李瑞强语),这么些年来,一直在换工作。这几年是一家文化公司的业务员,挺忙的,还经常出差。据她自己所说,算是"找到了坐标",能够"将兴趣和工作合为一体",有一条她多年来相信的通过"打拼"就可以获得"成功"的明确路线。因为工作关系,刘晓华眼界大开。夜深人静之际,应酬席上的各色人等,出差途中的奇山异水和各种趣闻逸事,刘晓华滔滔不绝。李瑞强洗耳恭听。

"挺好的，"李瑞强尽量诚恳地说道，"让我羡慕。"

"那是，谁像你，除了单位组织去九寨沟之类的地方玩，你说你还去过什么地方？"刘晓华说。

李瑞强想了想，发现自己确实没去过什么地方。

"你连大学都是在本地读的，对不对？"刘晓华继续发难道。

"对。"

"你也没有换过工作。"

"是，没换过，我是国家分配。这以前不都说过了嘛。"李瑞强感觉到谈话到此有点不对味了。

"我的意思是，"刘晓华老调重弹，"你这样的人，居然还有个前妻，真是让人难以理解啊。"

是这样的：李瑞强大学期间就和一个女同学恋爱成功，毕业之后，二人就结了婚。提起那段婚姻，李瑞强总是摇头不已，只说"无聊透顶"。不过，具体怎么无聊，李瑞强始终避而不谈，刘晓华迄今也没弄清楚。

"你到底想知道什么呢？"被问急了，李瑞强会反问刘晓华。

"我只是想知道你跟她是怎么回事啊。"

"没什么怎么回事，就是在一起不舒服。无聊。难道还不够？"

"那你怎么会在大学期间就跟她谈恋爱，而且还结婚？"

李瑞强想重复"大学毕业后才发现自己并不喜欢她，遇到你后，发现你才是我喜欢的"，但考虑到已重复了很多次，加上这话本身有点恶心，就懒得说了。

"说啊，你说。"丈夫越不说，刘晓华越想知道。

"说什么吧你说？"李瑞强态度很强硬。

"呃，细节，生活细节？"

李瑞强沉默了片刻，突然说："那你是不是连我们的房事细节也要知道呢？"

关于李瑞强前妻的话题一般到此就没法继续了。刘晓华生个两天气，夫妻恢复原状。就是在这种质问、拒答、生气、和好的过程中，二人生活了这么些年，并像其他夫妻那样处理好了各方人际关系，使二人成为稳定的一体。随着他们儿子的诞生，他们之间的夫妻关系已经稳定到不会有任何人会想到他们还有以上这种对话。

当年刘晓华大学毕业，只身一人漂泊到南京，与不认识的三个人合租在一个破房子里，当时她觉得这肯定是不对的。这时候，她认识了李瑞强。李瑞强并非眼下司空见惯的坏男人，而是坦承自己是有妇之夫，并很快为了她把婚离了。至此，理论上，"小三""二奶""第三者插足"这些不光彩的贬称也便与她无关了。不过，虽然她觉得李瑞强是靠得住的，但想让她就范可没那么容易。总之她当时确实是这么想的。没想到的是，她的父母也认为李瑞强是靠得住的，之后她就没有任何理由不嫁给他了。

现在，她觉得自己并没有庸俗到介意自己的丈夫还有个前妻，骨子里，她也不在乎丈夫和前妻到底是怎么生活的。她就是觉得李瑞强在这个问题上的态度让她十分难受，略有不甘。尤其是李瑞强提到与前妻的房事之后，她感到恶心。不过这不是她恶心和气愤的缘由，而是他的话。

但也仅此而已，他们照样做爱。关系没有大碍。

一个月后的某天傍晚，刘晓华出差回来。正在厨房为妻子做饭的丈夫发现，和往常不同，刘晓华面色灰暗。换了鞋后，不仅没有像平时那样将旅行箱放好后立即从中将东西收拾妥当，而只是这么扔在门前的地板上不管了。人也一如旅行箱，精疲力竭地瘫坐在沙发中。她没有给儿子带礼品，吃饭时也心不在焉地只知扒饭。

"怎么了？"

"没怎么。就是累。"

饭后她认真洗了个澡，精神似乎才稍微好了点。这时候，她才开始打量阔别五天的家和丈夫。然后从中发现了问题。

卫生间里多了一根被人使用过的新牙刷。床单等四件套都换了。这在以前都是她做的事，李瑞强从未干过，而且上次换床单什么的，仅在她出差前几天。她想到，儿子在吃饭时抱怨过奶奶家的饭菜，明确地告诉妈妈，五天来，他主要是在奶奶家。最要命的是，她曾经在李瑞强和前妻的床上睡过。

毫无疑问，这半个月来，有一个女人曾和李瑞强睡过自己的床。一切证据都被丈夫毁了，但百密一疏，牙刷没有被及时处理。

对此，李瑞强的辩解是：换四件套是因为他有一晚躺床上看书喝茶时泼了，就一并换了。这很正常，不是吗？而在这五天中，家里确实来过客。但绝不是什么女人，而是个叫朱白的男的。

"你见过的，前年也来过，我的大学同学啊。"

刘晓华当然记得朱白，据李瑞强说，当年他们是相当好的朋友，好到挤过一张床，互借内裤穿都是有过的。在她的印象里，朱白迄今未婚，但绝对是一个色眯眯的家伙。他虽然没有色胆包天到对她轻浮，但对饭馆女服务员的那副德行真是叫人恶心。

"哦，那你意思是你和朱白睡了？"她冷笑道。

"去你妈的。"李瑞强也不想说朱白来的那晚睡过儿子的床，他只是掏出手机，拨了朱白的号码，然后交给妻子。但后者并未接电话。

"喂，老李吗，什么事啊，喂喂喂，我×……"因为安静，朱白一贯的语言方式夫妻二人都听得清清楚楚。

刘晓华厌恶地一挥手，将李瑞强的手机打落在地，然后穿好衣服，提起放在门口的旅行箱出了门。

在大街上，刘晓华拖着旅行箱漫无目的地走着。一些出租车在她身边停了停。有个别司机发现这个女人脸上爬满了泪，所以坏笑了一下，一踩油门，走了。

刘晓华此时想到的倒并不是自己的丈夫。她想起出差这几天发生的事。这一趟，她和主任一起去了广州。见了一些在她看来非常知名的人士。他们谈笑风生，语似珠玑，让她激动。然后他们转场多次，饭馆、KTV、酒吧和烧烤摊。总之她也喝得有点颠倒。在返回酒店的出租车上，主任把手放在了她的腿上。她也只认为他醉得有点厉害。在电梯狭小的空间里，他开始动粗。居然也被她躲避了。但是，后来，她却没有那么幸运，被主任压在了床上，用臭气熏天的臭嘴拱进了她的裙子。

丈 夫

  小赵在网上认识了个姑娘。看照片不错,见了也不错。然后他们就去开房。在交媾之前他们也没有忘掉先洗澡,而且比平时自己在家洗澡要仔细。

  这时候天黑了,小赵带她去吃饭。也没什么好吃的,在小赵看来,食物都跟屎差不多。但所有人看起来都吃得很高兴,大汗淋漓。小赵也没什么不高兴的。吃完后,小赵就不记得自己吃的是什么了。

  怎么说?埋单完,从饭馆里走出来后,小赵问。

  不知道。姑娘说。

  要不,看个电影?小赵说,虽然我不喜欢看电影。

  什么电影?

  谁知道啊。

  那算了吧。

  要我送你回家吗?

  不用了。司机!她伸手招出租车。

  在他们不远处确实泊着一辆空车,司机也坐在里面。他看到了招手，但不知为什么，他毫无反应。

这条路不好打车，小赵说，我陪你走到那边打。

晚饭后的路上全是人，老年人要去广场上跳舞，下班迟的家伙风尘仆仆，年轻妈妈们则不急不慢地推着童车，希望车里的内容能唤起路人的爱心，但有爱心的人并不多，只有三三两两的女大学生会弯腰逗一下她们的孩子。童车挡了道，身后喇叭声不断。

你有孩子吗？姑娘问。

怎么可能。

什么意思？你不打算要孩子？

不是，我觉得你的问题很奇怪，他说，孩子不是要不要的问题，对不对？

也对。姑娘想了想，点头同意。

在另一条路上，他们站在那等车。然后车来了，姑娘上车，挥手再见。

还约吗？小赵发去一条短信。

找机会。姑娘回。

好。

小赵的家很近，走着就可以回去。不过他觉得时间还早，所以在路过药店的时候，他逛了下药店。他很少生病，生病也不爱吃药，所以对药店很不熟悉。

先生，你要什么？一个领售员问他。他注意到这是一个让人提不起性欲的年轻姑娘，没有胸，也没有臀，裸露在外的胳膊又黑又细。也许还没有长开，也许就是附近那个医学院的学生，家境贫寒需要勤工俭学？

我只是看看。他实话实说。

他在药店转了好一会儿，那个黑瘦的领售员一直跟着他，帮他解释他拿在手上的药品。他发现人得起病来真是不得了，人身上原来有这么多问题。

安眠药在哪儿？他只是好奇，问那姑娘。

姑娘于是转进一个封闭的柜台内部，从货架上取下一盒。

他看了看，上面并没有安眠药三个字。

你有处方吗？姑娘问。

他不懂。买安眠药需要医生开的处方。好在他也没打算买。

没有。

他向外走，但觉得对那个姑娘有点愧疚。所以他在收银台那里买了一个小铁皮盒子的清凉油，只比拇指盖大那么一点，他信手放在了屁股兜里。

在回家的路上，他还接到了大头的电话。

大头是他的大学同学，早年二人关系相当好。关键是大头家境好，他爸爸是在江里吸沙的。在那年头，大头提供过不少吃喝机会给小赵。毕业后，二人虽无多少来往，但彼此到对方所在城市的话，都会见面吃喝。吃喝结束还会开展一些娱乐活动，费用都由地主来出。这到底是不是友谊？小赵有时也不以为然。

大头在电话中告诉了小赵一条好消息，他离婚了。

为什么？小赵问。

过不下去了呗，还能为什么。大头说。

小赵想起了大头的婚礼,那是发生在三四年前的事。当时大头的父亲做的生意砸了,家里一下子穷了下去。大头以为谈了三年的女朋友会抛弃他,结果他们结婚了。这件事在当年确实算比较感人的。

你不能对不起你老婆吧?小赵不能免俗地说。

什么老婆,前妻。大头掷地有声道。

肯定是你不对,小赵说,是不是外面有女人了?

大头坚决否认,并说"如果是就好了",这话一下子让小赵慎重起来。看来大头的心情很糟,离婚不是他的缘故而是他前妻的。此外,除了吃吃喝喝,大头又何尝打过电话跟他聊过天呢?情况不对。这让小赵不知怎么说才好。沉默似乎使他陡然高尚了起来。

没事的,大头反过来安慰他,我也不打算结婚了。乐得自由,呵呵呵。他是这么说的。

所以回到家,小赵就把大头离婚的消息告诉了小宋。

小宋见过大头,是后者嘴里的"嫂夫人"。小宋当然也见过那个"弟妹"。她想了好一会儿,才说,曾经的直觉告诉她,她确实觉得大头的老婆不是那么简单。

小赵重新洗了澡,用自己家的洗发液和沐浴液将宾馆里的味道全部盖掉,脏衣服也全部塞进了洗衣机。洗完澡,他坐在小宋身边,说自己很累,陪客户吃饭无聊透顶。

没喝酒?

啊,他张开嘴,向她脸上喷气证明。

小宋厌恶而又满意。

然后小宋洗澡上床，躺在他的身边。他们再次谈了谈大头的离婚问题。

你觉得我俩会不会离婚？小宋问。

你觉得呢？

好啊你，你想离？小宋从被窝里坐了起来。

我没说啊，是你问的。

你敢！小宋怒目圆睁，这让小赵感到伤感，也感到兴奋。一个所谓朋友的离婚使他们获得了额外的性欲。

会不会怀上？事后小赵问。

无所谓了。小宋说。

小宋还应景说到傍晚的一个见闻。小区里一个牧羊犬和金毛想干，但被双方的主人拉开了。

这是不是太残忍了？

也不一定，它们是两种狗，说不定也不配套呢。

真会那样吗？

我也不知道。

关灯准备睡觉的时候，小宋又一下子打开了灯。她胳膊上出现了一个红包，很痒。越抓越痒。

小赵这才想起刚在药店买的清凉油。他激动地从床上跳了下来，连鞋也没穿，直奔洗衣机。他从裤兜里找出清凉油，然后用拇指搓出一小层油脂，亲自在妻子那块鲜艳的小红包上深情地揉了许久。他觉得是多么热爱自己的妻子啊。

母　女

在小区里逶迤不已的桂花香气中，几个人进了她的家。但进门的瞬间，来人还是被巨大恶臭震惊，纷纷掩上了鼻子。

她还没死，躺在很可能正是臭源的床上。混乱，肮脏，这都是可以想象的，包括她本人的形象，也可以如此形容。唯一让人欣慰的是，阳台上还有两盆仙人球那样的植物，在午后阳光的斜射下泛有绿意，静止不动。它们长速缓慢，除了阳光，别无所好，活着和死了基本是看不出来的。

她睡着了，或者懒得搭理别人，所以大家只在她的床前稍留片刻，就迫不及待地返回客厅，并让门就那么敞开着。

客厅里虽然到处布满陈旧的污渍，所有的家具和物什都蒙了一层厚厚的灰，但因为干燥，才让人感觉舒服一些。来人就站着和刚才开门的那个年轻女人说话。后者是床上老人的女儿，三十岁左右，鼻梁附近有些麻点，穿着一条一条腿从膝盖到大腿根绣了花的牛仔裤，因为扎眼，来人每说几句，都会看那条腿的花。牡丹？或者别的，看不明白。

"你妈都这样了，你这个女儿是怎么当的啊。"来人不免要这样说。

"我不在南京，在外地啊。"

"外地？什么地方？"来人中相对年轻的那个问。

"镇江。"

"也不远嘛。嫁过去的？"

"是啊。"

"那你也应该常回家看看嘛。"说到这里，年轻的和其他二位都笑了一下。

"我……"年轻女人想辩解什么，但也并没有说下去。她低下了头，似乎也在欣赏自己腿上那些花。

"这样吧，"来人中看起来最胖的那个像干部的家伙开口了，但他并没有直接对她说，而是对相对年轻的那个说，"你叫她留个电话，将来有什么事便于联系。"

另一个人则附和道："老太婆死在家里臭了都没人知道。"

彼此记下电话后，来人露出任务完成的轻松神情。但并没有及时出门，而是四散在这个屋子里视察了一番。这是二室一厅一厨一卫。除了老太婆睡觉的那个房间没人去，干部去了小房间，另一个人去了厨房，年轻人则进了卫生间。

三个人"啧啧"不已，一致认为老太婆的女儿应该好好把这个房子给好好打扫一下。

"如果实在不行，"还是那个年轻人说，"你可以叫专门搞卫生的来帮你弄。"他说着还一个箭步跨出门外，在门外楼道墙壁和楼梯扶手上找了找，然后终于在楼梯上发现了一个家政电话号码，就像有了重大发现那样就这么站在楼道里喊，"这里有电话，这里有电话"。楼道空荡，回音巨大。

可能正是这声喊，对面人家401也开了门，探出一个花白的男性头颅来。他首先看到了年轻人，叫了一声"王主任"，紧接着他发现对门开着，赶紧捂上了鼻子。但他忘了冲站在对门客厅里的其他几个主任点头，而是睁大眼睛看着对门人家的女儿。他应该也看到了后者一条大腿上的花朵。看得出来，若干年前，他们就彼此认识。

其他两位主任就势也走了出来，402的女儿略致了致意，就将他们全部关在了门外。见402门关上，401老头才将门全部打开，穿着拖鞋站在门口笑嘻嘻地冲另外两个主任打招呼。这时候大家才看到他只穿着一条短裤，上身仍然是夏天那件有几个洞的汗衫。腋毛发达，乳头激凸。

"味道真大，我在我家阳台上都闻到臭。我真以为死了呢。"他用嘴指了指对门，小声说。

三个人没有接他的话，就像没听见那样下了楼，走了。

他们边走边聊，但与刚才的事情无关。延续的是他们来时的话题。不过，在一棵桂花树下，那个最胖的评论道："401那老头真壮啊。"

"啊？"王主任不知道他什么意思。

"天都这么凉了，他还穿那样。"

"是是。"大家对此没有异议。

在另外一棵桂花树下，王主任突然说："你猜我刚才在402家的卫生间里发现了什么？"

"什么？"

"卫生巾。"王主任略显激动,"还是舒尔美的呢。"

"呵呵。"

"哈哈。"

三人愉快地笑了起来。

居委会的人走后,她给自己换了片卫生巾,但并没有遵嘱搞什么卫生。

她去厨房烧了一壶水,就站在灶台前等水烧开。这一过程中,她看到洗碗池里脏碗累积,灶台上油污厚得可怕,橱柜的门因为铰链坏了,有几扇怎么关也关不严。但她只是像欣赏一幅画那样看了看这些,并没有动手做过什么。刚开始,她目光游离,无法将其锁定在某个事物上。后来她眼神空洞,就像一个盲人。直到水壶发出尖锐的呼啸。

费了好大的劲,她才找到一个杯子。她觉得应该用开水烫一下,所以少少地倒了半杯。她伸手拿杯子,打算晃动一下,再把它们倒掉,但发现杯子的底部仍安然停留在大理石台面上。杯子骤然裂了,热水四散流淌。这也没引起她的注意,热胀冷缩,很正常。不过当她试图重新找一个杯子的时候却想到,也许还会裂。没听说碗会因为开水而裂掉,不如用碗。所以她找了一个干净的碗,给自己倒了满满一大碗水。倒完后,她又后悔了,满满一碗不容易快速冷下来。所以她又倒掉了半碗,双手捧碗,吹,并噘起嘴唇尝试喝了两小口。因为热度,因为干渴,这两小口让她发出了快活的呻吟。

因此,她来到卧室,想问床上的人要不要也喝点水。但后者仍在昏睡。因为衰老,她的脸完全在脸的内部塌陷了,头发凌乱地耷拉在干瘪的鼻孔附近,间或的飘浮表明她还在呼吸。

她看了看自己的妈妈,端着碗在床前站了片刻,就出去了。但没有返回厨房,而是在客厅里的一把椅子上坐了下来。她也顺便把碗放在桌上,很快再次陷入了眼神空洞之中。楼下一个女人卖"桂花酒酿"的声音让她惊醒了过来。这时候她端起碗来喝水,发现水已经凉得让人齿冷。抿一口,居然喝出了一种怪味,非常难喝。与此有关,她似乎刚刚发现妈妈的家确实臭不可闻。她真怀疑除了妈妈长期卧病在床无人照料所产生的气味之外,还有一只体积接近于猫的老鼠死在了某个角落,持久而稳定地向外散发着恶臭。她动了起来,决定打扫卫生。起码要找到那只正在腐烂的硕鼠。

不过厨房里既没有洗涤剂,卫生间里也没有洁厕灵。多年以来,她的妈妈像很多老太太那样并不习惯使用这些化学清洁剂,她们使用刷子和工具般的大手来干这些,这她是知道的。所以她只是找来一些她妈妈平时积攒的塑料袋,将家里在她看来属于垃圾的东西塞进这些袋子,然后就拎着整整六个鼓鼓囊囊的塑料袋出了门。

401的老头没有打开门看她。不过她把垃圾堆放在楼下垃圾桶边去超市的时候,却在小区里那个架着几样彩色体育器材的小花园里遇到了该老头。后者只是比刚才多了一件白色的衬衫,但敞着怀,衬衫口袋里一包红塔山清晰可见,腋毛和乳头也时隐时现。他正在鹅卵石小径上倒着走路,边走边甩胳膊,行走方向与她一致,却因此能够做到面面相觑。她装作没有看到他那样就这么往前走，老头却停了下来，热情地问："出去啊？"

"噢，嗯嗯。"她慌忙地答应了两声，加快步伐赶紧走了。

她买了洗涤剂、洁厕灵、"威猛先生"、洗衣粉、钢丝球、刷子、垃圾袋、十二卷装的卷纸和一沓抹布，这是她所能想到的清洁工具。收费处队伍很长，排了很长时间，终于快要到她了。但她又突然离开了队伍重返超市深处。她差点忘了买卫生巾。

为了不再碰到401老头，她从小区的后门绕了回去。

在未出嫁以前，这个老头就已经是她的对门邻居，这么多年下来，他没有任何变化。她记得他似乎有一对儿女，但都已成家，并不和他住。而他的老伴，很多年前就死了。至于别的，她一无所知，也毫无兴趣。

回到家后，她就开始搞起了卫生。从厨房入手，继而是客厅、小房间和卫生间。妈妈的卧室只能等她醒来后再弄。在此过程中，还用洗衣机分批次洗了几回脏衣服床单什么的，并在阳台外面的晾衣架上晾晒好。可以看得出来，她是一个家务好手，干活麻利，效率奇高。但她搬动沙发家具，就算趴在地砖上往一些无法搬动的死角看，也始终没有找到那只正在腐烂的硕鼠。恶臭并未随着渐次的整洁而有所改变，窗明几净反而强化了它的存在。它现在和化学洗涤剂的气味混合，居然带有一种甜丝丝的腻味。也好，这一切使她的劳动有了明确的方向感，那就是直指妈妈的卧室。在她看来，一切问题无疑出在那里。

在小房间，也就是她多年前的闺房，她难免要看到一些属于自己的旧物。一些照片，几件玩偶，花纹熟悉但体味不再的床单，这一切都让她慢了下来,不过也并没有过多耽搁。劳动使她感到很热,所以她后来干脆脱掉了衬衫,只穿着胸罩在干。

也就是这时候,手机响了,铃声惊人。她赶紧丢下手中的活计奔了过去,然后握着手机迅速返回小房间,并将房门关上才接听。过了好一会儿才打开房门。

"谁的电话?"卧室里传来了妈妈的声音。虽然卧病在床,但音量不小。

"张军。"她也以同样的音量回答,并走进卧室。

"你怎么穿这样?"老太婆被女儿的样子吓了一跳,差点从床上蹦了起来。

女儿忘了这茬,略感害羞,表明了自己刚才收拾屋子很热。但也没有去把衬衫找回来穿上。

"歇会子。"老太婆拍了拍床示意女儿坐下,"张军怎么说?"

"他问你好不好,问我什么时候回去。"

"你回去吧,我没事。"老太婆说。

"他还想来看望你。"

"看什么看,不要看。"老太婆特意从被窝里腾出一只手来摇了摇。

"我确实没叫他来。"

"他还打你吗?"过了好一会儿,老太婆才问。

"不了不了。"女儿很肯定地摇头。

"那就好。"

已是傍晚,楼道里尽是上楼的脚步声。左右邻居锅铲撞击铁锅以及相关的香味也传了过来。老太婆没有女儿想象的那样没用，她爬了起来，阻止女儿收拾她的卧室。她说先做饭吃吧。淘好米放电饭煲里，家里也没有什么东西了。所以女儿需要再跑一趟。

路灯全部亮了。街面上全是人。甚至在一家饭馆前隔着玻璃她还看到下午那三个居委会的人在喝酒。他们非常快活。她也注意到现在的姑娘都很好看，自己相形见绌。

她买了些菜，没有耽搁就直接回了家。出乎她意料的是，除了妈妈，客厅里还坐着一个人，正是对门401的老头。

"哦，回来了，"老头笑嘻嘻地，回头对她说，"家里收拾得真干净。"

她没有搭腔，而是关注了老头正坐的那把椅子。下午她新买的卫生巾曾经就放在这把椅子上，现在，它却在一侧的桌面上。

她径直进了厨房，开始做菜。她希望能听到老头和妈妈说些什么，但油烟机和炒菜的声音使她什么也听不见。后来就是她把饭菜端出来。老头见状，主动表示自己早就吃过了，也不打搅了。但在出门之前，他看到她两手端着饭菜，还热心地帮她收拾了下桌子。也就是说，他把她的卫生巾又拿了起来，放在了别处。

"他经常来？"吃饭时，女儿问。

"没有，从没来过，就今天。"妈妈答。

"为什么？"

"你出门时门没关吧？他说替我关门，就进来了。"

"不可能！"她很肯定自己关了门。出门有不关门的道理吗？这只是所有城市居民的习惯而已。但正是因此，她肯定没关门，或者没关好。这种事发生的概率如此之小，却发生了。她感到一股难以名状的愤怒和难受。但她竭力控制着自己，并不想让自己的妈妈感觉到什么。"算了，他跟你都聊什么呢？"

"谁知道啊，就是说他自己的儿女吧。"

"他儿女怎么了？"

"一个好像当了什么局长，还有外孙子到哪个国家念书花了多少钱……都是出息人呗，拣好听的吹，他就这个意思。"

"哦。"她没再问，很认真地吃着饭。

"你和张军到底怎么样？"老太婆突然问道。

"什么怎么样，妈，你在说什么啊？！"女儿激动地放下碗筷，皱起了眉头，并再也没有松下来。

"啊，你怎么了？"刚开始，老太婆以为自己的话招女儿生气。后来觉得不对劲了起来。

女儿的眉头越皱越深，五官挪移，鼻梁附近的麻点似乎也陡然多了不少。她只是一动不动地僵在那里。似乎想通过这个方式把什么东西安稳地过渡掉。但这显然没有奏效，所以最后她突然站了起来，吓了老太婆一跳。

在卫生间，她让自己的血尽情流向马桶。腹部的疼痛却又迫使她将整个身体蜷缩起来。正是这个动作，使她近距离地闻到了最初的恶臭，她觉得自己没有任何力气和必要去打扫妈妈的卧室了。她想到了被对门老头抓捏再三的那包卫生巾，想到此时在镇江的张军，想到了小房间里自己少女时代的事物，她甚至想到了早已去世多年的父亲……于是就这么在马桶上呜咽了起来。

小　陶

难得的好天气，灯火辉煌不掩那轮好月亮。

从饭馆出来，已经摇摇晃晃的小张建议大家再买点酒到山上喝点。山上有一大片梅花，按此时令，应是含苞待放之际。半个月后，山上自当游人如织。

"那么多人，有什么意思，不如趁现在没人，去喝点？瞧这月亮，他妈的多好。"小张在饭馆外面对着车水马龙曰。

没人响应。小张每喝必大，每大必乱，已是朋友们饭局中的老节目了。老钱看看手机，说今天能出来陪大家喝一顿就不错了。换场子再喝，刚刚娶回来正在家中沙发上看电视的年轻老婆会喊着要离婚的。老葛则表示明天上午有课，得一大早起来，不可能奉陪。大李更不可能，今天他带来了个叫小陶的姑娘。小陶年轻貌美，得体大方，虽不主动举杯，但别人敬酒，她也能欣然接受抿上一口。看得出来，大李对小陶已追逐日久，有没有得逞，大家也不便问。席间，大李不止一次扬言，送小陶回家的任务谁也别跟他抢。老钱新婚，老葛有老婆孩子有情人，所以，大李这话显然是针对同样单身的小张。所以，出于默契，小张去山上再喝点的提议绝对没有征求这对狗男女意见的意思。

没想到大李闻听小张的提议,不失时机地抱着胳膊冷笑了一番,对小陶表示,这么冷的天气跑到山上,不是风流雅士还真想不出来。小张不便驳斥,他完全理解,理解这是友谊理应承担的义务,即我们必须在朋友想讨好女人的时候任由这个朋友挤对、羞辱自己。

回家吧。冥冥中就像老天来了一句指令,叫车的叫车,赶地铁的赶地铁。鉴于上述情绪,鉴于月光的存在,小张还不愿意急着回家,他表示"想自己走会儿"。大李又笑了,摇着大脑袋,对小陶解释道,小张家就在附近,走回家不超过五分钟,"想自己走会儿?说的真他妈恶心。"

小张告诉自己,1. 我一点儿也不生气;2. 大李所言属实。

向家中晃荡的一路上,形单影只的小张在街上看到的都是成双成对。酒精的缘故,他一改平时的愤恨,倒是内心充满了柔软的情绪,对这些狗男女打心底升腾起了事关爱情的祝福。祝福你们白头偕老早生贵子,祝福你们怀了就生坚决不堕胎不流产,祝福你们吵得人死牛瘟打得头破血流也不离婚,祝福你们有一个得癌症先死了另一个也坚决不改嫁……

快要进小区大门的时候,一声温柔的"小张"叫住了他。回头一看,居然是小陶。

小陶没要大李送,她也不想回家。她解释说她不确定能不能追上小张,只是碰碰运气,结果运气不错。

"要不,到我家坐坐?"说完小张有点后悔,因为他看到自己在月光下的影子有点猥琐。

"啊,"小陶立即露出了失望的情绪,"不上梅花山了吗?"

到了山上,他们果然发现山上的温度比山下低好几度。但愈加明亮的月光似乎弥补了他们在温度上的损失。小张似乎想起了什么,夸张地做出了脱外套的动作,表示,如果小陶冷的话,后者可以披上自己这件袖口和领口布满老油的羽绒服御御寒。小陶当然及时制止了他。小张也便赶紧穿好,呼啦一声将拉链拉到喉结部位。

他们谈了大李。小陶不否认大李对她的追求,但她不能肯定大李是不是自己"需要的人"(小陶语)。而作为朋友,小张必须得站在大李一方。他狠狠夸了大李一通。他说,大李的优秀毋庸置疑。如果说大李有什么缺点的话,也无非个子比小陶矮一点,如果二人在街上并肩行走且必须遵循某种约定俗成的经典画面的话,小陶难道不可以蓄意地走低洼处让大李走在马路牙子上?至于二人最终修成正果结婚,如果一定要拍婚纱照,小张认为,为了确保大李的形象,不妨让大李站在小陶身后的小板凳上,而小陶的曳地婚纱必然会遮住这个小板凳……

"你真有意思。"小陶在山中回荡的笑声鼓励了小张,后者滔滔不绝,妙语连珠。早年南下深圳北上京师的陈年往事自是必谈话题。这些陈芝麻烂谷子老钱老葛大李虽已听厌,但对小陶来说,还是新鲜的。

小张在深圳谈过一个女朋友菲菲。菲菲是四川人,跟小张一样在深圳打工。二人相依为命,只欠一婚。百忙之中,二人也经常浪漫浪漫,去海边散散步什么的。海岸狭小,对面就是高楼林立的香港。更早的时候,"文革"末年或改革开放初年,据说很多内地人都从这个小小的海峡游到香港,美其名曰"逃港"。比如说,香港明星陈小春,就是演古惑仔那位,1967年生于广东惠州,这么一个广东农民,怎么会成为香港大明星的呢?小张对菲菲说,一定也是从这里游过去的。菲菲说自己从小在江边长大,会游泳,问小张会不会,小张很遗憾地表示自己确实不会游泳。小张记得,菲菲听说小张不会游泳,在海边长长地叹了口气。

然后呢?小陶问。

然后菲菲就失踪了,或者说消失了。小张找遍了深圳,也没有找到她。

"你是说,菲菲自己游过海峡去香港了?"

"但愿如此,"小张像回应多年前菲菲海边那声叹息一样也叹了口气,说,"我忘了告诉菲菲,很多人当年都淹死在了海里。"

因为他们带上山的是一袋子易拉罐啤酒,加之天冷,他们需要不断去小便。公厕遥遥,而此处人迹罕至,他们当然会在附近的树丛中解决。这是有意思的,他们只有两个人,一男一女,月光下的树丛似乎成了性别的分界线。小张进而想到,这种蓄意地强调性别,强调隐私,是不是多余?但如果二人当着对方的面尿尿,又是否白无情趣从而伤害了什么?小张甚至在月光下的草丛中发现了小陶的尿迹,还是和月光有关,那片黑暗的尿迹有如置身雪地。

小张还指了指他和小陶所在的回廊,说汪精卫就葬在这里。汪精卫刺杀醇亲王载沣,南洋富商的女儿陈璧君前来探监,表示要嫁给汪精卫，汪精卫由此成为一位诗人，写出了"引刀成一快，不负少年头"这样的句子。后来他也成为了被刺的对象，虽然他没有被刺死，但留下了伤，最后也因伤复发而死，葬在了此处。据说，陈璧君在入殓的时候，亲笔书写了一张纸条"魂归来兮"放进了汪精卫的棺材。不过，汪精卫的墓被蒋介石给炸了，夷为平地。1949年后，陈璧君被关押在监狱里。

小陶希望小张多说点这样的故事。

"鬼故事也行？你不怕？"

"嗯。"小陶点头，"不怕。"

小张不免老生常谈（对于老钱他们而言），讲起老家农村发生的鬼故事。

是这样的，在很多很多年前，小张老家有一个"成分不好"的男的和一个"成分很好"的女的相爱了，爱得死去活来。不仅女方家庭坚决反对，所有的人都反对。二人于是相约自杀。他们的自杀方式就是坐船的时候一起跳长江（小张老家位于长江中的岛上）。为了表示同生共死，他们用一根有手指粗细的麻绳将彼此绑在了一起，并扣上了死结。江轮缓缓地离岸，缓缓地驶入了江心，二人相视一笑，口中默念一二三，其他乘客只听见"咚"的一声，两人同时落水了。为什么两个人落水只有一声"咚"？小张补充道，这与捆绑有一定关系，另外也与物理意义上的两个铁球同时落地有关。总之，在闻讯赶来的乘客们的眼中，这两个人死定了。所以，甚至没有人摘下近在咫尺的救生圈丢过去。大概过了几分钟，出乎所有人意料的是，那个男的游了上来。没人知道他是怎么解开绳索的。

然后呢？小陶问。

然后这男的活了下来，娶妻生子。

就这样了？

当然不会，小张说，这男的很不幸，老婆孩子出车祸死了。

然后呢？

然后他精神也不太正常，有一天就失踪了，再之后有早上起来打鱼的渔民在江滩上发现了一具男尸，就是他。

小陶沉默了很久。小张认为她一定陷入了沉思，如此充满宿命的故事又有几个姑娘听了不动容呢。让小张失望的是，小陶抬起头来（背对着月光，看不清脸）说自己喝不动了，太冷了。于是他们只好叫车下山。不过，小陶表示为了感激小张带给她这么美好的夜晚，她一定要送小张回家，并直接叫司机先去迈皋桥。

迈皋桥是南京的一个地名，小张就住在附近，也是上山之前众人吃饭的地点。在小张看来，小陶没有喝大。车上大概是小张最后的机会了。于是他在车上又对小陶说了一个关于迈皋桥的鬼故事。

迈皋桥，在古代其实叫卖糕桥。说是这里过去有一条河（现在是臭水沟），河上有一座桥，桥上常年有一位老婆婆卖糕点。大概老婆婆的生意很好，糕点很好吃，所以在桥上卖糕成为当地一景。这个地方也便有了卖糕桥的诨名。话说这个老婆婆每天卖糕都要卖到很晚。但不知道为什么，有段时间，每天收摊回来数钱的时候，她都发现钱袋里有一张烧给死人用的黄纸。原来因为生意火爆主顾诚信，老婆婆很少亲手接钱，顾客只需要把铜子扔在篮子里即可。黄纸事故发生后,老婆婆不得不亲手接钱,并查验真伪。经过一天的验证,没问题,所有顾客给的都是真钱。但奇怪的是,晚上数钱,黄纸又飘然而出。老婆婆开始观察顾客,经过几天的观察,她发现每天很晚也就是她快收摊的时候,总会从桥下走上来一个年轻女人,而且她每次买的都是儿糕,也就是因为没有奶水给婴儿吮食的那种糕点。确实,这个年轻女人没什么胸,很平,也很瘦,面色苍白,神情忧郁。她给的钱也没问题。但黄纸依旧出现。也是在不经意间,老婆婆才在某天注意到那个年轻女人付钱的手。她的手是藏在袖子里的,在付钱的一瞬间,只露出一小截手指。哪里是手指,只是两根细长雪白的骨头。这位老婆婆也是胆大,居然跟着这个年轻女人。继而发现,年轻女人在月光下没有影子,走路没有声音,哪怕脚踩遍地的落叶也无声无息。最后,年轻女人在一口枯井前倏然消失。第二天,老婆婆跑到衙门里汇报了这件事。老爷衙役赶往枯井开掘,费了好大的劲,终于挖开了这口井。井底是一具白骨,在骨头旁却坐着一个白白胖胖的男婴。

"为什么?"司机问副驾驶座位上的小张。

因为不是小陶问,他不便回头,对司机说,原来呢,这是一个良家女孩,被当地一个恶霸强暴了,这个女孩不堪受辱,跳井自杀。但她发现自己怀孕了……

"都死了,怎么发现自己怀孕了?"司机是个胖嘟嘟的中年汉子,笑起来花枝乱颤。

"怎么不可以?"小张似乎被激怒了,"难道她就不可以以一个女鬼的方式怀孕,然后生下小孩,将他抚养长大?"

"可以可以,行了吧,"说着司机将车停在小张所在小区的大门前,"到了,三十五。"

没听到小陶制止,小张出于男人的自尊心主动掏出钱包,他翻了翻钱包中的几张有限的票子,咬了咬牙给了司机一百。

司机显然也看见了,很不耐烦地说:"你不是有五十的吗?"

小张用手指了指后面,说:"嗯,还没完呢。我下车后,你继续送她。"

说着他回头看了眼后座,后座上并无小陶,空无一人。

"你真是喝多了。"司机说。

这件事情很邪门。邪门还在于小张从此再也没有见过小陶。大李有了新的女朋友婷婷,一副如胶似漆的热恋架势,看上去这次有戏。大概也是因此,大李对小陶始终采取避而不谈的态度。小张多次试图打听一下小陶的去向,但苦于婷婷在场,只好作罢。

对 食

小张和老钱是一对年龄相差二十岁的朋友,但小张从来没有使用过"忘年交"这种词来向他人描述二人的友谊。

"忘年交是什么?忘掉年龄的交配?交配本来就不该有年龄限制,"有一天老钱在喝酒的时候,瞥了眼邻座的一个小姑娘,振振有词且声音越来越大地说道,"小张,我的前女友跟你差不多大。实话告诉你吧,如果我现在找女朋友,你这年纪的,我都嫌大。"

没错,邻座这个小姑娘明显要比小张小。

因为是背对着邻座,小张不便急于回身窥视那个小姑娘的反应。当初二人进饭馆吃饭,很难说他们不是因为这个小姑娘的赫然存在(对比于其他桌子上那些扶老携幼吃饭的人)才落座此桌的。怎么说呢,这个小姑娘长得确实不错,像电视上那个谁谁谁。当然,她不是一个人在吃,男朋友或干脆就是丈夫与之"对食"(老钱语)。

男朋友或丈夫在饭间曾起身上过一趟厕所,小张和老钱不免对他一米八的身高和粗大胳膊上的刺青留下了较为深刻的印象。

以小张对老钱的了解，如果此人独有一米八的身高或独有刺青，老钱会遵从多年来的习惯，趁机举杯向小姑娘远远地示个好。而如果小姑娘有较为积极的反应，老钱自然会以"应邀"的方式挪坐过去……多么遗憾，此人身高和刺青双备，老钱只好作罢，和小姑娘一起静候男友或丈夫厕所归来。

身高刺青在场，老钱敢于如此高谈阔论，说明他喝大了。兴许邻座这对"狗男女"（老钱语）被老钱的气势震慑住了，看起来就像闻听此言很识趣地结账走人（男搂肩女搂腰）了，再不走就得忍受夺妻之恨似的。二人不禁目送这对狗男女款款出门，及至他们消失在玻璃窗外的夜色之中。走了，看不到了，二人这才发现饭馆大厅里的灯光太过明亮。灯光直射之下，老钱的秃头熠熠生辉，而脸上垂挂的皮肉倒显得异于平时的苍老。

虽然小张从来没有见过老钱口中那位跟自己年龄相仿的前女友，老钱也对小张口中的娜娜欣欣表示怀疑。但可以肯定的是，老钱曾有过一段婚姻，且儿子在北京的大学毕业后也在那里找到了一份相对体面的工作，而小张，年近四十，孤身一人。很难说，二人之所以推杯换盏你来我往不是建立在都单着这一点上。他们都需要女人。区别在于，老钱是过来人，其对婚姻的失望和攻击，让至今未婚的小张感到自己就此话题丧失了发言权。你老兄毕竟没经历过婚姻生活嘛。也偶尔让小张暗自庆幸（尤其是老钱说到前妻的虚荣和庸俗，以及夫妻之间龃龉和磨难之时）。对女人的需求，老钱认为求欢比求偶更加真实可靠。

"难道不是，婚姻本来就是世俗生活的重要内容，还有什么比'两口子'这种东西更俗的？说白了，婚姻就是制度，就是体制。就说你吧,你当初好好的公务员不干,要当什么自由人,对不对?难道你现在还想进体制?"老钱质问小张。

小张无言以对。

"找女朋友就对了,就说刚才那个小姑娘,多好。你为什么不跟人家要个电话加个微信什么的?你真以为自己没有一米八就抖豁[1]?瞧你也是一身肥膘,人家一根膀子纹了条龙,你两根膀子都纹,谁怕谁啊。"

没办法,小张只好配合着老钱一起发出干瘪的笑声。小张确实找不到什么话来说。好在他及时敛住了笑,问:"对了,你刚才说'对食',什么是对食?"

老钱没有立即回答什么叫对食,而是叹了口气,语重心长说道:"小张,你知道自己为什么在这个社会上老是吃亏吗?"

小张:"什么?"

老钱:"你吃就吃了没文化的亏。"

大概是为了帮没文化的小张补课,老钱决定带小张见见世面长长眼。

城南白马巷是一条古董街,除了各种玉石字画的铺面,更多的是周末来自四面八方赶来摆摊设点的地摊,笔墨纸砚,瓶瓶罐罐,糟朽的木头,锈迹斑斑的铜疙瘩铁疙瘩,倒也琳琅满目,花花绿绿,看花人的老眼。老钱的课堂就设置于此。

如果小张没记错的话,他不止一次听过其他朋友提起老钱十

---

[1] 南京方言,指害怕。

多年前热衷于收藏的逸闻趣事。鉴于其时马未都还没上《百家讲坛》，也鉴于小张和老钱其时还没有成为朋友，所以下述是否属实，存疑，姑且存录二三。

老葛的故事。

有一天，老钱刚从白马巷回来，因过于兴奋，在家中坐卧不宁，他觉得，出于友谊，应该将今天的收获及时分享出去。分享快乐难道不是一种美德？老钱对自己说，然后给老葛打了电话。

按理说，老钱自进入收藏界以来，其藏品多次遭受老葛的冷嘲热讽迎头痛击，给老葛打电话实属自取其辱。但也可能正因此，老钱觉得这一天所收绝对惊天动地。他太激动了，激动得浑身都抖了起来。

"老葛在家吗？"老钱声音颤抖且彬彬有礼地问，问完他就后悔了，因为他打的正是老葛的手机。

"废什么话，又买了什么狗屁玩意？"老葛虽贵为大学历史系教授，脾气也不算好。

"谈不上谈不上，"老钱是真实的谦虚，"像你说的，这次，也未必是真的。但——"

"哦，是什么？"

"我说了，未必是真的……"

"妈的，说吧，不说我挂了。"

"《清明上河图》，我说了，未必是……"

话没说完，然后老钱就听到了忙音。他想，老葛很可能听到"清明上河图"几个字，就震惊于这项巨大的收获，直接奔下楼坐地铁赶来了。当然，从老葛家坐地铁还得走十分钟路，老钱倾向于认为，一向对朋友慷慨对自己吝啬的老葛肯定下了楼就不容置疑地招手叫了辆出租车。现在，老钱所做的就是在老葛的脚步声踩响楼道之前，赶紧洗好两个玻璃杯开好一瓶红酒，等他一起来庆祝。

老葛当然让老钱白等了。

老方的故事。

朋友们起码也认可一点，那就是凡事得交点学费。理论上，这个世界也不存在受骗上当。古人云，吃亏是福。其意盖指，这次吃亏了，有了教训在前，难道不正是下次占便宜的必要投资？

老钱对老方强调，这本破破烂烂的相册并非来源于白马巷，而是自己前段时间回祖籍祭祖时从一位已然瘫痪在床的老伯母的床肚子底下掏出来的。确实很破很烂。在打开之前，老钱还给老方递上了一双雪白的手套。保护文物保护文物，脾气一向不错的老方欣然戴上了手套，这才应老钱的嘱咐小心翼翼地打开相册。

"第一张就是慈禧太后，"老方跟别人描述的时候笑嘻嘻地说着，还顺便打开手机在网上键入"慈禧"二字展开搜索，"喏，跟这个一模一样。"

慈禧太后坐在一把看不见的椅子上，低垂慈目，被五个盛装的相对年轻的女人所环绕。前排二位，左者胖乎乎的，双下巴清晰可见，确有富贵体态皇家气度（光绪瑾妃）；右者则相形见绌，驼背高耸，形销骨立，然而也不免有迟早成为太后的可能（隆裕太后）。

大李的故事。

大李可能是小张之前唯一有幸被老钱邀请一起去白马巷的朋友。在大李与老钱携手同游白马巷的年月里，后者已放弃古画和老照片之类的收藏，而是专攻各种古砚。而且此时老钱已见多识广，很少会为某件古物在摊前驻足良久，更不会流露出兴奋和激动。荷包也比以前摁得紧多了，鲜有出手，仅以高深的微笑等闲视之。按老葛的说法，大李显然错过了老钱在古董收藏上的黄金时代。老葛不由得替大李捏了把汗，担心大李和那些摊贩一样再也不可能从老钱身上榨取到什么而无法向朋友圈贡献段子了。老葛扬言老钱早已被榨干了，却言之过早，当大李在朋友圈奔走相告老钱的新段子时，老葛不由得扶了扶眼镜。

是这样的，老钱当着大李的面斥资购得一方古砚。"正宗的端砚"，老钱摩挲再三，还不忘考了考大李，"哥们，知道这砚台的盒子是什么木料的吗？"然后未及大李擅断，就自问自答道，"黄花梨！瞧这鬼眼。黄花梨你懂吗，比黄金还贵……算了，你不懂。说钱太俗。我告诉你，钱不钱的还不是我看重的，我看重的是这几个字。"

"哪几个字？"老葛扶正眼镜后也饶有兴味地问了起来。

"具体我忘了，"大李说，"我只记得'天启九年'这个年份。"

"你管它天启几年干什么？"老钱事后辩解道，"年份也不重要，重要的是这方砚台上边的字，是天启皇帝赐给大太监魏忠贤及自己的皇帝乳母客氏的。皇帝赐物赐给一对对食的假夫妻，这太少见了。"

也就是说，在小张之前的很多年前，老钱就跟大李解释过何为"对食"。大太监魏忠贤和天启皇帝的乳母在三百多年前的紫禁城里曾勾搭成奸,做了一阵假夫妻,名曰"对食"。

"你想想看,一个太监和一个宫女,他们能干什么呢,能干成什么呢?只能面对面坐着吃饭罢了。"老钱不仅给大李如此解释,时隔多年,也是这么给小张说的,包括措辞和语气大概也没有变。

在历史系教授老葛看来,可笑之处倒不仅仅在于"天启九年"(事实是天启帝只当了六年多皇帝就死了,"天启"年号只使用了七年),也在于魏忠贤和客氏是一对地地道道的文盲,这对对食夫妻根本用不着砚台。

现在,我们回到老钱携小张重归白马巷的场景。几乎每次都是如此,二人虽结伴而至,但甫一入巷口,小张一个没注意,老钱就在摊点和人群之间踪迹难寻。这需要小张苦苦寻找,或许才能在某个摊点前的众多人腿缝隙中找到蹲在地上的老钱——后者正举着一个形似尿壶的陶瓷器皿认真研究呢。考虑到老钱的过往事迹,正所谓久困藩篱之龙归大海。

小张虽没有太大兴趣,但闲着也是闲着,很难说学不到点真才实学。果然,小张自此知道了何为"对食",也了解了何为"包浆"。看得出来,老钱对一个紫砂水仙花盆恋恋不舍。看了两眼,就携小张逛别的摊子,而眼睛却一直远远地向那个花盆瞥去。然后假装很随意,返回继续蹲下摩挲。如此反复。眼看天就要黑了,各摊点已开始收摊。小张也两腿酸软,饥肠辘辘,按例,已是他和老钱扳起老酒的光景了。卖花盆的大娘跟老钱也耗不下去了,倒是爽快，开口问老钱："收摊了，便宜了给你吧。"

老钱不说话。就像没听到一样。

"多少钱？"小张没耐心了。

"八百。"

"五十。"小张直接掏出五十块钱扔在摊位上，拿起花盆就走。

大娘似乎很不满意，在身后直叫唤。如果不是摊位上还有其他名贵古董，肯定会追过来。事实上，小张确实听到身后有追逐的脚步声，然后被人一把拽住，这让他一时有点小小的紧张。一瞧，夕阳下，不是摊主大娘，而是一位大爷，再一定睛，该大爷并非旁人，正是老钱。

"还不快走！"老钱压低声音警告小张，自己兀自在前面跑了起来，好像不如此，小张就无法意识到事情的严重性，会像个劫匪那样被缓过神儿来的摊主真的给逮住似的。小张也"啊"地大叫一声，跟着老钱疯狂地跑了起来。

后面的事情小张能记得的不是很多。他只记得老钱反复说明，这件紫砂水仙花盆虽非古远之物，但实为当世奇珍。因为花盆底部款识"周桂珍制"已说明了一切。就老钱所知，周桂珍乃紫砂大师顾景舟弟子，1978年，我们敬爱的小平同志访日时所赠国家礼品即有周桂珍所制紫砂壶。自此周氏作品坊中罕见，价格惊人。以老钱的判断，此件水仙花盆如若是真品，价格在千万左右。不过，老钱认为其真品的可能性不大，但考虑到花盆做工还行，包浆醇厚，关键是小张家境贫寒，他愿意以一倍的价格，也就是一百块便于小张当日就能转手套现。小张当然不愿转让,反而赌其为真品,也就是它值一千万。在这个前提下,小张表示同意转让,价格也不惊人,从友谊出发,他只愿意收老钱一万块。

二人就此争执不休,杯来盏往,不觉往大里走。之后,小张只记得饭馆出来后,自己又怀抱着花盆前往老钱家,在后者家又喝了许久。次日在自己家醒来,小张发现并无花盆。致电老钱,老钱表示小张昨晚喝大,担心携带花盆一跤摔碎,死活不愿意拿走,坚持要暂放在他家。老钱声称,他已将一件宋代汝窑瓷器从缎盒中取出,而将小张的这个花盆摆了进去。他还保证,无论什么时候,只要小张想要这个花盆,老钱都会连盆带盒双手奉还。

不过,奇异在于,之后二人也喝过多次酒,也多次谈到这个花盆,但每次要么是小张没有提出带回花盆(在老钱家),要么就是小张提出了但花盆在老钱家的柜子里安全地锁着呢(在外面小饭馆)。也就是说,花盆始终都"暂存"在老钱家中,小张与自己花五十块钱购买的花盆仅有一面之缘。

一晃大半年就过去了。

在这大半年里,小张应某位女网友之邀,要前往北方某城市生活。临行小张信誓旦旦,说是该女网友已与他畅聊数年,彼此知根知底,互生爱慕,愿意招之入赘。且女方家境优渥,此去很可能就是结婚定居。不过,在老钱撺掇的饯行宴上,大概是朋友众多,或是过于兴奋,小张居然没有将花盆这事给端出来。可惜的是,小张和女网友并未修成正果。二人凑合了大半年,小张只好赶在年底顶着一头风雪像霜打过一般回来了。

跟家人过年实在没意思,小张不免联系老钱。电话中,老钱似有难言之隐，推阻再三，说年后再说。小张也没多想。只想了一件事，难不成老钱把花盆卖了一千万？

年后应约前往老钱家，果然让小张大吃一惊。前者家中一改往日邋遢拥堵的旧貌，装修一新。若非门牌依旧，怕是小张不敢进门。给他开门的也非秃头老钱，而是一位身段袅娜的女人。没错，这就是这大半年来老钱闪婚的年轻夫人。

老钱和夫人在厨房忙活，前者偶尔从厨房伸出的脑袋看上去也确实年轻了不少。开饭前，坐在老钱家的沙发上看电视抽烟，小张有点不知所措。嗯，确实不一样了。所有曾经让小张熟悉的家具物件都扔了。唯一让他有点印象的（也仅见过一面）正是电视柜上那个紫砂水仙花盆。盆中如其所用地植满了水仙，肥厚而绿油油的叶片，顶上颤动着白色的花瓣。仔细闻闻，除了主妇生活制造的气息，确实隐隐能嗅见水仙的异香。

"饿吗？马上好。"老钱夫人也探出脑袋问。

"不饿。"

"先喝罐啤酒。"老钱给小张开了罐啤酒又返回了厨房。

不知道为什么，这罐啤酒在小张看来相当难喝。

等老钱夫妇二人忙活完了，这才发现小张已经走了。但他们应该没有注意到电视柜上的水仙连盆带花也失踪了。

端着一盆水仙的小张在回家路上想到，老钱肯定暴跳如雷骂骂咧咧。但忙活了半天，总不能浪费吧，人总不能不吃饭吧，最后还是和年幼的新夫人面对面地坐下来吃起了饭。想到此处，小张在夜色中自己笑出了声。

老　友

你应该还记得王爱书和彭飞初次见面的情况。

王爱书说，你走路一瘸一拐的，不愧是个瘸子。

彭飞说，是，这我难道没在QQ里跟你说过吗？

说过，但还是出乎我的意料。

正常，不止你一个人这么说。

然后他们就去吃饭了。按理说初次见面的人，他们应该喝点酒，但他们都表示自己滴酒不沾，所以互相谦让着——

你吃吃这个仔公鸡烧毛豆，毛豆还可以，鸡好像不行。

是吧。我觉得回锅肉还好，这最后一块你不吃我可就吃了。

…………

就这些。和在QQ上相比，他们聊兴略小点。就算聊过什么，相信你也不记得了。

之后就是二人长达多年的交往。因为有了这个开头，所以在这些年里，他们的交往主要就是吃饭。点几个菜，叫一大碗饭分在各自的小碗里，然后嗯嗯往嘴里扒。天气热，吃得少，天一冷，还会添饭。理论上二人轮流埋单，坚决不搞AA制，但大多数是彭飞埋单，因为据王爱书说，他家比较偏，不像彭飞家在市中心，好找，而彭飞则是个瘸子，无须劳动他到自己家去，所以都是王爱书登门拜访，彭飞须尽地主之谊。而且彭飞曾不慎泄露了自己收入比王爱书高的事实。

彭飞家附近的馆子很快就被他们吃遍了。最后二人得出结论，那个名叫"湘琴酒家"的最好。

吃了二三十顿后，有一天在湘琴酒家，王爱书发现彭飞面对回锅肉一副毫无食欲的模样，就问他怎么了。彭飞表示吃不下去。

为什么，这不是你最爱吃的东西吗？王爱书说着趁机往自己嘴里塞了块回锅肉。

彭飞摇头不语。

病了吗？你不是有公费医疗嘛。王爱书又干掉了一块回锅肉。

因为腿脚不方便，彭飞不愿意生病，所以反感别人这么说。他有点气急败坏地说，老子从来不生病。

王爱书也不高兴了，放下筷子责问对方，老子，什么老子，你是我老子吗？

不是那个意思，彭飞露出了烦恼和疲惫的样子说，我觉得我们这样是不对的。

你是说没有女人的缘故？

这当然是一个问题，不过……算了，吃饭吧。

王爱书是一个聪明人，当然不会勉强彭飞说他不想说或不急于说的话。

欣赏着彭飞嗯嗯吃了几口饭后，王爱书剔出了牙缝中一块指甲盖大小的肉，感觉轻松多了。说，为什么你吃饭的声音和拉屎一样？

嗯？

嗯。嗯嗯嗯，难道你拉屎的时候嘴里不也发出这种声音？

你知道的，之后发生了一场血腥的恶斗，王爱书被彭飞一个酒瓶拍碎了脑袋，血流如注。彭飞则被王爱书一个扫堂腿掀翻在地。为什么呢？因为彭飞那条好腿也被扫骨折了。好在并无大碍，彭飞在家躺了一个多月，又继续瘸着原先的腿出门了。

在拉黑对方QQ绝交的这些年里，二人分别走上了人生的正轨，都成了有家室的人。王爱书工作不稳定，还住在城郊结合部，所以刚开始姑娘们总是很嫌弃，直到他老婆出现的时候才发生了转机。彭飞虽然有享受公费医疗的事业单位，而且住在市中心，但是个瘸子，所以找老婆也费了不少周折。总之，从第三者的角度来看，二人差不多是同时结婚的，一年之后也几乎同时当了爸爸，只是因为绝交，二人彼此不知而已。

不仅如此，婚姻还给他们的事业带来了帮助。王爱书的老婆家里有一门好亲戚，是做瓷砖生意的，而且生意很大，王爱书也便成了那家店的一个精通业务的经理，戴着金链，开着大奔。彭飞则因为瘸腿的缘故，在办公室干起了行政工作，转眼也混上了正科级。虽然疲于各种茅台酒局，成条成条的中华烟还霉在了柜子里，但怎么说呢，没有这些，彭飞觉得也不对。

就这样，转眼就过去了几年。然后他们在一场葬礼上重逢了。

这个死去的人叫"日本人"。当然,这是网名。直到二人赶到前者的灵堂,才知道"日本人"真名叫刘春华。也就是说,他们都曾经是一个QQ群的网友。刘春华正是这个QQ群的发起人。这个群以交流电影、文学和性行为为主旨。那年头大家聊兴很浓,几乎每天每时每刻,都有人在群里发言。彭飞和王爱书也是其中的活跃分子,当他们获知身在同城的时候,就互相私聊了起来,然后才有本文开头部分的相见。在湘琴酒家,他们除了吃仔公鸡烧毛豆和回锅肉,自然主要延续群里的话题,并且多以"日本人"的观点展开讨论。说白了,"日本人"不仅是群的发起人和创始人,也是精神领袖。支撑"日本人"的据说主要是学识。群里所有的人都知道,"日本人"拥有高学历高收入,在北京有个公司,早年留过洋也睡过外国女人,此外还写过热播电视剧,出过几大本畅销书,无论是学问和见识,"日本人"都远高于彭飞王爱书这种始终都困于一隅却又总是自以为是的蠢货。

在二人吃回锅肉的日子里,他们还曾恬不知耻地邀请"日本人":如果路过南京的话,二人一定会尽地主之谊——到湘琴酒家吃回锅肉。血腥打斗事件导致的绝交之后,群虽然还健在,但不知为何,彭飞和王爱书陡然变得沉默寡言起来。

这可能有时代的因素。博客微博什么的之后,大家不太爱聊QQ了,包括群。彭飞这么总结道。

但是,副群主以及其他群友所传播的消息还是被彭飞和王爱书所知道了。那个多事的家伙不仅旨在告诉大家,"日本人"不幸患癌逝世,还希望大家争取前往葬礼为死者送行。地址和联系人手机附录其后。一种青春和友情地老天荒的气息扑面而来。确实去了不少群友，但这未必是出于哀悼之情，有的是想趁机出门透透气，比如彭飞，有的则是听说"日本人"老家那个地方山清水秀，比如王爱书。后者在葬礼当天就亲耳听到一个千里迢迢赶来的女网友在一条溪流边赞叹："啊呀，这里的水真清啊，可以直接装瓶当矿泉水吗？我要做大自然的搬运工。"

"日本人"或刘春华自知死期不远，请求家人将自己从北京拖回老家。在中国，所有山清水秀的地方同样也是穷地方，誉为穷山恶水其实更为恰当。所以当彭飞和王爱书分别赶到的时候，完全无法想象那个在QQ群里无比高端睿智的精神领袖"日本人"原来出自这么个穷山恶水。他的家很破败，大概还是清代的房子，所谓祖屋。猪圈就在卧室的窗外，一年四季应该都能闻到猪屎的恶臭。而且刘春华的父母也是彻头彻尾的山里人，矮小黝黑，穿着七十年代的衣裳。更要命的是，那个负责召集和接待各位网友的家伙还背着刘春华的家人告诉大家，刘春华生前欠了一屁股债，希望大家捐助一点以尽绵薄之力。彭飞没有带多少现金，山村亦无ATM机，只好向王爱书借了点，并保证回去当天就还。后者哈哈一笑，摆摆手，说，权当以前在湘琴酒家欠下的埋单钱。前者岂能认可，表示，那是那，这是这。总之二人口头上很是谦让了一番。

也就是说，在葬礼上的相遇，看上去使彭飞和王爱书前嫌尽弃言归于好了。他们共同瞻仰了"日本人"的遗容，老实说，这家伙长得真不怎么样。

我以为他很高大英俊呢。彭飞说。

为什么还戴眼镜，你说给一个死人戴上眼镜到底是什么意思？王爱书说。

更让大家感到震惊的是，"日本人"刘春华还睡上了棺材，被几个壮硕的网友抬到了山脚埋了。山脚全是坟茔，山腰略少，山顶没有。这一点是不是说明，佯装尊敬死者的活人其实仍然懒得把他们埋得更高一点？震惊不在于土葬的违法，而在于其古老。一个叱咤风云于网络的网络名人，最后躺在一具棺材里被埋在古老的山村里，这到底是怎么回事呢？

虽然预签的机票时间不同，但彭飞和王爱书回到当地省城是同路的，只有那里有机场。

路上他们谈了谈各自这些年的情况是必然的。彼此都露出很欣慰的样子，然后用对死者的扼腕长叹来强化这一欣慰。他们甚至还萌生了超脱和达观的念头，眼前闪烁着马上就要面临的中年的景象。但因不够明晰，没有深入交流。不过，还是有个东西堵在二人之间，这倒是彼此心知肚明的。

咳咳，王爱书没忍住，但还是有点难为情，我想问你一个事，可以吗？

当然。

你当初到底想说什么？往事真是不堪回首，王爱书觉得自己脸都红了，就，就是，我俩打架那次？

我忘了，彭飞其实已经猜到在葬礼上重逢之后迟早会面对这个问题，但王爱书一旦提出来，他还是紧张，真的，忘了。

哦。

嗯。

是，毕竟过去好几年了。

是啊。

过了好一会儿。

可能，彭飞不确定地说，可能我当时是希望我俩不要那么吃饭？

那怎么吃？

呃，比如，比如我们当时应该喝点酒？

林　燕

　　大家都是有工作的人。所以到了周末，如果没有什么事，几个人就会约在一起吃个饭。虽说谁埋单都一样，但整体上看来还是轮流埋单，坚决不搞 AA 制。

　　因为是规律性的饭局，过于频繁，各自的生活也不会在短短的一周内发生什么变化，所以他们并没有什么可聊的，话题往往处于蹈虚之中。比如一直在追的美剧、最近上映的烂片、刚刚发生的一些诡异好玩的新闻事件，乃至他们赶赴饭局之前的所见所闻。

　　"如果不是他拦着，"王婷婷指着身边的彭飞，几乎将身体探过桌面对李黎说，"我就撕烂她的臭嘴了。"

　　"何必呢，人家那么大年纪了。依我看，她嘴脏，你嘴也不干净。"彭飞横过胳膊，大概延续了刚才在公交车上拦着自己的妻子的动作，看起来就好像他不这样做，王婷婷就会爬过桌面撕烂李黎的嘴一样。

　　"你滚。"王婷婷将丈夫的胳膊打下，返回座位，气鼓鼓地点上一支烟。她似乎仍在生公交车上那个老太太的气，以及丈夫彭飞的气。

李黎试探性地说:"确实没必要吧,现在大妈都很厉害的。这位也只是指责你不让座位给她,如果你遇到那个老头,就是前段时间新闻上的那个老头,他会直接坐你腿上的。你也看到这个新闻了吧?"说着他征询地看了眼身边的林燕。

"不知道。"林燕快速并肯定地回答道。自从今天的饭局开始以来,她一直如此干脆利落。喝酒也是,一口一杯。其他人找她喝,她倒满后,用杯底在桌面上顿两顿,一饮而尽。没人找她喝,她就自斟自饮。桌面上的和椅子腿侧的空酒瓶,有一半是李黎喝掉的,另一半则是她喝掉的。

这也没什么反常的。林燕喜欢喝酒,或者说,林燕是一个喜欢喝酒并酒量很好的年轻女人。四个人的周末饭局,在很大程度上是由林燕挑起的。她并非本地人,也不爱做饭,除了单位食堂,她都是在外面吃,一到周末就心慌慌的。她在这个城市工作了很多年,对这个城市依赖和厌倦共存。她早就想走了,只是不知道走了后去哪儿。所幸她还有彭飞夫妇这样的朋友。彭飞是她的大学同学。不过二人在学生时代毫无瓜葛,完全没有王婷婷最初猜忌的奸情。之所以来往,无非是彭飞算林燕在本地硕果仅存的同学而已。王婷婷的猜忌化解掉后,就兴高采烈地将林燕揽做自己的闺蜜之一,后者也慨然接受。然后就是这对夫妇试图将林燕和李黎撮合在一起,二人一见如故,但并非男女方面,而是喝酒。他们一边喝酒一边互相调侃对方,甚至拿对方的生理缺陷(李黎头大,林燕有间歇性眨眼的习惯)开玩笑。也就是说,他们不是男女朋友,只是一对可以开诚布公的酒友。据王婷婷说,林燕极有可能还是个处女。

"你俩还是少喝点吧,"彭飞鄙视地看了眼满桌狼藉,又看了看手表,问,"今天到底还打不打牌?"

"打啊,为什么不打?"其他三个人几乎异口同声地说。

"明天一大早去你二姨家帮她搬家你忘了?"彭飞不得不再次提醒王婷婷。

"哦,对对。"王婷婷说,"不要太晚就行了,你赶紧埋单。"

四个人的牌局和他们的周末饭局是一体的,已经维持了很长时间。这起源于一次他们饭后转场到茶楼里坐着,这是一家老式茶楼,以中老年人居多。然后他们发现四周的人都在打扑克,包间里还有噼里啪啦的麻将声。王婷婷表示,我们难道因为年轻就放弃打牌吗?大家虽然不觉得"年轻"是一个真相,但一致认为她说的有道理。不过,彭飞喜欢"打掼蛋",李黎只会"八十分",王婷婷和林燕则只记得小时候打过的"争上游"。出于尊重女性,大家只好打"争上游"。"争上游"是扑克中一个相当古老的玩法,这年头估计没什么人玩了。就是一副牌,红桃5最大,谁先将手上的牌扔完,谁就上游,就是胜利。最下游给上游钱。他们的赌注不大,十块钱。但和大小无关,在牌局过程中,对上家的埋怨、责备、咒骂,赢钱后的得意忘形输钱后的灰头土脸,都是少不了的。

在单位和同事打惯了"掼蛋"的彭飞始终难掩对"争上游"这种扑克玩法过于低级的鄙视,他每次能够出现,与妻子王婷婷有关,后者居然是"争上游"的个中高手,每次都能从彭飞、李黎和林燕手中赢走一沓钞票。而输家（尤其是后两位）因此总是心中不服，雪耻之心愈演愈烈。没想到今晚情况却发生了变化，彭飞手气极佳，王婷婷则出人意料地成为了最大的输家。前者一改打牌之前的怠惰情绪，气焰嚣张，王婷婷则将自己难得的惨状继续归咎于公交车上在那位大妈身上触到的霉头。彭飞当然不以为然。于是乎，夫妻二人开始发生口角，乃至王婷婷突然将手中的牌扔掉，拎起包就走。彭飞这才醒悟过来，也赶紧起身去追。

他们并非要等，但还是做出了等待的姿态，不断地向服务员要酒。

从卫生间里出来的时候，李黎远远地看到了深陷于沙发中的林燕，她孤身一人喝酒的样子与其四周热火朝天打牌的环境太不协调了。所以在对面坐下后，问："我们下面怎么办？"

"你什么意思？"林燕反问。

"我的意思是继续坐在这儿，还是别的？"

"别的？比如呢？"

"要么回家，"李黎觉得有点费劲，"如果你觉得时间还早，要么，换地方？"

"不回家。"林燕分别摇晃了桌上几个空瓶，猛地站起身，很坚决地说。

在埋单和走出茶楼的整个过程中，李黎向林燕提供了几个去处。其中有不远处的一个酒吧，今晚有一支农业重金属乐队在那演出，看时间，现在应该正是演出时间。还有就是在大学附近有一个比较安静的酒吧，里面有些蓄满胡须或剃着光头的艺术家常年在那高谈阔论。

"实在不行,"李黎见林燕对上述充耳不闻,说,"我们可以买点酒到湖边去喝?"

"湖边?哈哈。"林燕在灯光摇曳的街巷里狂笑起来,"李黎,你认为咱们还需要那一套吗?"

李黎很不高兴地说:"那你说那你说。"

"我不知道,别问我。"林燕几乎在街巷里翩翩起舞起来,"我要喝酒!我要打牌!"

"你是不是喝大了我怀疑?"李黎站在原地一动不动地观察着她,问。

林燕骤然停止动作,僵立在马路对面,像隔着一条宽阔的河流那样冲彼岸的李黎喊道:"没有!"

他们就这么漫无目的地在街巷里晃荡了好一会儿,谁也不知道接下来干吗。然后李黎停了下来,坐在街边台阶上。他表示他不想走了,累。

林燕回身,在他的身边也坐了下来,并将脑袋搁在李黎的肩膀上。还有一些行人,愚昧的他们一般不会怀疑这是一对恋人。

"李黎。"林燕说。

"你说。"李黎说。

"我奶奶死了。"

"是吗?什么时候?"

"今天下午。"

"也没什么,死了就死了呗。我奶奶也死了,十几年前就死了。"

"是。"

过了一会儿，林燕说："我小时候是奶奶带大的。"

"你父母呢？"

"他们经常到处跑，工作性质吧，地质队的。"

"那你明天，或这几天会回老家吗？跟你奶奶见上一面什么的。"

"算了，太远了。"

"你上次看到奶奶是什么时候？"

"前年过年回去那次吧。"

"唉，"李黎说，"我还记得去年过年我建议我冒充你男朋友陪你回去呢。今年回吗？"

"回去干吗呢？"

"也是。"李黎冲不远处的一个垃圾桶点了点头。

"真累啊。"林燕甚至用胳膊抱住了李黎的腰。

他们身后就是一家旅馆。李黎建议去超市买点酒带到旅馆喝："就躺着，不干那事。行吗？"

"行。"林燕同意。

他们开了一间房，但是标间，两张床，中间隔着一个床头柜，柜子下面是两双塑封的白色拖鞋。但他们太累了，穿着自己的鞋倒在了各自的床上。

他们甚至还关了灯，只让卫生间的灯开着。

"这样我们会睡着的。"林燕说。

"你不想睡？"

"不想。"

"那干吗呢，总不能，"李黎琢磨了用词，还是决定这么说，"总不能搞一下吧？"

"喊，就知道你会这么说。"林燕说，"其实，也好像没什么不可以是吧。"

"就是。"李黎说着从自己的床上爬了过来。但也仅此而已，并无实际动作。

"喊，你还当真了。"林燕并没有将他推走，反而自己往一侧挪了挪，好让李黎能和她并列在床上。

林燕问："对了，李黎，你为什么始终没有女朋友？"

"也不能这么说。"

"什么意思？"

"我的意思是说，我只是没有固定的女朋友，没有能带出来让你们见过的女朋友。"

"炮友？"

"这么说有点侮辱人，我不是说侮辱了我，我无所谓，而是说侮辱了别人。"

"哈哈，"林燕笑了起来，"我觉得你可能多情了，在她或她们看来，你以为你是谁，说不定就是炮友呢。"

"好吧，你说得对。这么说，你有很多炮友？"

"去你的。"林燕坐了起来，但并不是生气，因为坐起来便于她大口喝酒。

李黎也顺便坐起来，不依不饶："我确实一直很好奇一点，就是我俩为什么不仅没谈恋爱，也没搞过。你说这是为什么？"

"你缺搞？"林燕问。

"瞧你说的，这有什么缺不缺的。"

"那你叫一个来。叫小姐也行。"

"现在？"

"对。"

"那你呢？"

"我看你们搞。"

"就这么站旁边看？"

"如果你觉得别扭，"林燕扫视了一下房间，说，"我躲衣橱里也行。"

李黎想象了一下这个画面：林燕躲在衣橱里，床上是自己和另一个女人在做爱。但这个画面是因为在想象中，所以，李黎又并非那个在床上做爱的男人，而成了另一个偷窥者，就仿佛他正在偷窥一个偷窥者在偷窥一对男女做爱的场景。这比林燕似乎更加变态。

"看来你比我缺搞啊。"他只得如此感叹，"我来帮你吧。"

说着他开始动手，但被林燕机灵地躲开了，她没有说话，而是打开了灯。这是明智的，开灯使他们的这个话题自然终止。出于报复，李黎还打开了电视。电视上正在复播一条新闻：长江巡警日前接到市民举报，一个女的从长江大桥上跳了下来。巡警在第一时间驾驶快艇赶赴营救。他们及时从江面上捞起了轻生女子。该女子是什么地方的人？到底是什么原因导致该女子轻生？这些问题正在调查中。让李黎觉得有趣的是，记者采访了救人的巡警，而该巡警在描述了轻生女子漂浮在江面上的景象时，居然使用了一个比喻句"远远看去,她就是像漂在江面上的一个垃圾袋"。

这个比喻句让李黎感到特别好玩,林燕也表示同意。于是他和林燕居然热烈地讨论了一番这个比喻句。然后李黎突然问:"林燕,你有没有想过自杀?"

林燕反问:"你呢?"

都没有答案。

不知为什么,他们很快就把带来的酒喝完了。李黎不知道接下来干吗,只好说他想回家了。林燕反对。

"你醉了?"林燕问。

"没有,真没有,"说着李黎还晃了晃自己的大脑袋,吃惊地说,"好像还酒醒了。"

为了证明酒醒,李黎提到了林燕奶奶死了这件事。林燕也说自己醒了,并提起晚饭前王婷婷给她提起一个离异男的事情。王婷婷的意思是,那个跟前妻离婚的家伙,有点钱,人也不赖,林燕可以试试。李黎拍拍额头,说自己认识这个家伙,并且还知道名字,叫李瑞强。之所以知道名字,是因为这个李瑞强喜欢给自己戴一条围巾,冬天戴厚的,夏天戴丝的,热衷于谈论杜拉斯和张爱玲。但对其他并不了解。

总之他们好像确实都酒醒了。

"那你再去买酒。"

"要买你去。"

他们于是又在"你去你去"之中互相推诿了起来,肉体碰撞及拉扯也是应有之义,并乐此不疲,欢笑不已。

次日李黎想起来的是，最后是自己下楼去买酒的。他来到二十四小时便利店，他喊醒打瞌睡的收银员，买了满满一塑料袋子的啤酒。但在他走出便利店的时候，正好一辆出租车停在了他的面前，所以他像平常一样拎着酒回家了。这有他家客厅餐桌上的酒为证。

林燕想起来的则不是这样。她说，李黎没有下楼买酒，她也没去。后来他们发现房间冰箱里有两瓶啤酒，还有一瓶威士忌。因为属于收费的，这种酒住客一般不会喝，但这晚他们喝了，就着那两袋同样收费的薯片和怪味豆。不仅如此，他们还在写字桌的抽屉里发现了一盒扑克。他们坐在床上一边喝酒一边打扑克。因为只有两个人，他们打的不再是"争上游"，而是"二八杠"。李黎刚开始不愿意打，林燕表示输掉的脱衣服后，李黎才积极了起来。等他们的衣服全部脱光后，因为没有赌注，林燕又提议刮鼻子，赢家屈起食指刮输家的鼻梁。刚开始，他们当然是轻轻地刮，后来不知是谁最先开始暗暗使劲，所以最后他们狠狠刮对方的鼻子，以至于刮出了鼻血，血迹布满了床单。

旅　行

　　组织骨干分子坐飞机再转大客到Ａ、Ｂ、Ｃ地（恰巧这几个地方都是好山好水）参观学习，理论上属于单位工作进修内容。不过，随团去的，除了业务骨干分子，也有搞后勤和负责人事的，所以你出于妒忌非要把此行定罪为顶风旅游进行举报大概也行（有领导反复强调参观学习期间不要发朋友圈），但哪个单位没有点福利呢，没有这么点小小的福利往后工作还怎么开展？你举报除了表明你没有大局观念，还说明你确实有点不谙世事。事实也说明了这点，出发前，谁能去谁不能去，单位里少不了一番明争暗斗、争风吃醋。待团员确定，没能来的人只得闭嘴，该干吗干吗。

　　从这一点上来说，小张享受到了福利，属于"既得利益者"。已经身在Ａ地的他可没有闲心惭愧领导为啥给了他一个宝贵的名额，更不会考虑千里之外无缘跟团来的同事们此时是不是灰头土脸地下班回家了。夸张点说，就算小张一家子老小此时有个三长两短是死是活，他也爱莫能助。Ａ地当地同系统单位的招待宴上，小张只认真扒了两口饭，然后就跟同样使劲扒饭的小赵对上了眼，二人打算先撤，到街上找个小馆子喝上一顿。不过，还没等二人起身，大概也是因为政策决定招待宴没有酒，包括领导在内的所有人也纷纷表示宴席太丰盛了太好吃了吃得太多了再也吃不动了，然后撂下一桌子没怎么动的美食也一并起身和招待方握手告别。小张小赵不得伴装着跟大伙儿一个态度一道返回宾馆，蹲下马桶烧壶水泡个茶什么的，然后再伺机单溜。反正是挺费劲的。

二人终于出了宾馆，这才发现刘晓华一个人正站在宾馆外面的大柱子旁，不时望向旋转玻璃门。考虑到刘晓华比较瘦，在夜色中颇有点袅袅婷婷的模样。

等谁？

等谁？刘晓华嘴一撇说，当然等王敏。

哦，确实，她俩在单位里也是一对儿人称的好闺蜜。

提到王敏，小赵给小张递了个眼色。多年以来，小张有点烦这个，他不否认，王敏刚到单位来的时候，他曾试图追求过她。当然，没追上。但小张不还是找到了媳妇？而且无论从哪个角度来看，眼下自己这个媳妇比王敏好多了。

小赵可不知道小张心里所想，继续问刘晓华，你俩干啥？

刘晓华冲宾馆外面的花花世界用胳膊抡了一个圆说，转转呗。

转啥呀，一向热心的小赵自作主张擅自邀请道，跟我俩一起去喝酒。

这叫小张说啥呢。

四个人好不容易找到个馆子刚坐下，王奎老婆李芫发微信问小张在哪儿。王奎没有享受到此番外出名额也在于不成文的规定：

同单位夫妻二人只能来一个，他当然不能跟老婆抢名额了。小张跟王奎在单位算哥们，来往频繁，所以跟李芫也不见外。他把定位发给李芫。菜端上来的时候，李芫准时驾到。五个人开喝。

也就是说，出来第一晚，小张小赵刘晓华王敏李芫，两男三女就在二十多人的团队里临时组成了一个小团体。再小的团体里也会分化出更小的团体，这不是蓄谋已久的，但确实是一种司空见惯的现象。喝了几瓶当地白酒后，小赵埋单时，刘晓华一句"以后大家轮流着埋单"即宣告小团体的成立。

小张倒并没意识到这一点，因为他喝得有点摇晃。而喝多的原因在于小赵特意将王敏安排在他身边，这不得不让他和王敏要有所"交流"。这一交流先是让小张吓了一跳，继而莫名亢奋起来。在谈到各自的夫妻关系时，大胆的言辞掀起了酒桌上的高潮，大家虽然没有响应王敏纷纷供出夫妻关系的隐私，但其开放程度迫使大家必须将话题导引至下半身才能获得倾听和认可。比如小赵就坦言了他为数不多的几次婚外性经历。刘晓华则反复询问大家，这到底有什么意思，她的丈夫为啥热衷于此，反正她是一点兴趣都没有……

当然，别人的事小张确实不关心。次日醒来在大客车上前往B地的时候，他琢磨的还是王敏某句惊世骇俗的话。他不由得想起自己追求王敏的年月，自己当年是不是因为太过于温文尔雅了才导致追求失败？他记得自己有一次送王敏回家，几次试图拉后者的手却因羞怯而放弃，是不是当时拉了就成了？可怜小张当年老是在王敏面前侃侃而谈，居然还恬不知耻地向后者推荐书籍电影什么的，无非是想把自己装扮成一副有文化有追求的模样。而事实呢，事实是小张自己除了知道些古今中外名人的人名，所知也不比王敏多多少。什么陀思妥耶夫斯基什么莫扎特什么小津安二郎，这些名字跟小张有什么关系？眼下，小张也将他们忘光了。起码，这些跟王敏确实没有任何关系。

所以，在之后的几天里，小张在大家的眼中总是尾随着王敏。王敏要拍照，小张就帮她一个劲地拍。王敏嫌他拍得不好，他就义务地站在一旁暂时性地帮她拿着外套和背包。她的外套有小张并不喜欢的香水味，背包上的挂件也显得弱智。但这都没有影响小张紧跟不舍的形象。在小张自己看来，尾随一说完全扯淡，难道在二十几个人的大集体中，他们五个人不总是一起？为什么小赵不说自己一直尾随刘晓华？

我尾随刘晓华？小赵愤愤不平道，真是笑话，你没听她自己说的，她是性冷淡你不知道？

性冷淡这事真的不好说，小张引经据典了起来，刘晓华可能是没开发好，某种意义上，她还是一块处女地。

小张告诫自己，我大概确实想跟王敏说点什么，仅此而已。

不过，轮到二人落单同行时，小张也不知道说啥。倒是王敏颇为主动。

我告诉你啊，你别还想在我身上打什么歪主意。王敏故作幽默地说。

瞧你这腰粗得，我记得当年可不是这样吧，我打你主意？你倒贴我钱我都不干。

滚！

过了会子,王敏又叫了起来:小张小张,你死哪儿去了,帮我拿包。

在B地的最后一晚,王敏主动提出埋单请大家吃海鲜。B地远在内陆,距离大海有几千公里,在这么个地方吃海鲜,倒是别出心裁。

王敏再次语出惊人,海鲜有助于性欲。

刘晓华一筷子没动,盯着一盘花生米嚼来嚼去。她声称自己一吃海鲜就过敏,并撸起袖子亮出胳膊,上面密密麻麻全是疹子。

那就难怪了。小赵话里有话,说着还伸出两根手指轻轻拂过那根雪白纤长的小臂。

很少说话的李芫倒是用筷子打掉小赵猥琐的手指,然后邀请大家,看,快看,刘晓华有生理反应了!刘晓华有生理反应了!

大家凑过去看,果然,只见刘晓华的小臂上立起历历可数的鸡皮疙瘩。

敏感,小赵竖起大拇指,真敏感,来,刘晓华,走一个。

刘晓华不明就里,端起杯子也抿了一口。

和第一晚一样,小张还是坐在王敏身边。他斗胆表示,王敏能不能也让他摸一下小臂。

这有什么,王敏伸出肥嘟嘟的小臂,尽管摸。

小张摸了摸,当然没有刘晓华敏感。

还想摸什么地方?王敏挑衅式地问小张。

我摸行吗?小赵问。

都行。

小赵仗着酒胆伸出爪子向王敏的胸部奔去。但还是被李芫的筷子及时制止。

李芫,王敏说,我发现你今天特别暴力啊。

李芫想都没想,说,因为你们太黄了。

大家又喝了不少。

小张在C地有一个大学同学,偶有联系。闻知老同学驾到,免不了要尽地主之谊请小张吃一顿。小张本不愿惊动同学,但自己驾到C地已被另外一大学同学获知,此人还多情地通知了C地老同学,后者岂会装死。

预订饭馆,告知路线和时间,老同学还说可以带几个朋友一起来,并询问几个。料想老同学订的馆子应该不错,属于按人头收费的那种。小张有点犯难。按照数日来的晚饭形式,他应该把另外四个一起叫上。但他觉得这样不好,给老同学增添负担过意不去,再说了,另外四人与自己的老同学又有何干?老同学已经说了,会携媳妇同来,自己还没见过这位嫂子呢。兀自跟自己四个同事坐在一起,素昧平生,一辈子只见这么一次也未可知,何必呢?况且聊什么呢?在老同学面前还能随便,在嫂子面前势必需要点尊重。但不叫他们,自己就破坏了旅途一路来的晚饭规则。大不了叫他们到时候注意点就是,小张只得向老同学报告:包括自己,暂定五个座位。好!老同学倒是爽快。

逐个通知时,小张却又遇到了更大的难题。小赵说这连续几天大酒,喝伤了,要先睡会儿,醒了再说。李芫则称,这几天老跟你们吃喝,老公王奎都有意见了,她今晚要跟王奎视频聊天,顺便通过视频教导儿子一顿(儿子太不像话了,期中考试居然只考了全班第八名)。王敏呢,王敏说她例假来了,痛经,不愿出来,出来也喝不了酒。只有刘晓华没那么坚决,虽然她说王敏不来她也不来,但经过小张一番晓之以理动之以情的思想工作,最后只有她和小张一起来了。问题在于,此时通知老同学撤掉三个座位估计已经来不及了。小张在路上对刘晓华说,出于赔罪,他今晚可能会和老同学喝多,届时希望刘晓华能打车扶他回宾馆,说着还用手机给刘晓华发了五十块钱红包,以预付可能的打车费。

果然不出所料,老同学预订了C地最具特色相对豪华的饭馆包间,自动旋转玻璃大桌,八样冷盘已楚楚动人地摆放其上,围绕大桌的则是稀稀拉拉八张欧式高背大椅,而且看上去起码已经撤掉了八张,小张五人加同学夫妻二人,他大概特意谨慎地留一张椅子以备小张多带一人呢。与之相反的则是老同学一个人孤零零地坐在下首的一张椅子上边玩手机边抽烟,两道浓烟从他业已鼻毛恣肆的鼻孔喷出,别提多孤独寂寞冷了。还没等小张解释,老同学已抱拳致歉,老婆不能来了,因为孩子发烧,老婆带孩子去医院了,如果情况严重,他也不能久待,届时你们自己吃喝就行,单反正他是早已埋过了。

小张道以人数实情,在明知预订不能更改的情况下,还做作地询问老同学能否跟饭馆商量商量,这个包间就算了,三人到大堂里随便找张桌子坐下吃点喝点就行了。老同学只是不经意间脸色暗淡了下去,继而昂首让大脸盘子全面接受明亮的灯光照耀,反而表现出大学时代的慷慨激昂,反问小张,三个人就不可以享用盛宴吗?难道小张混得比他还惨吗?小张只好和刘晓华尽可能远距离地坐下(似乎唯有如此,才能将这个大桌坐满似的)。老同学见状则不满地要求小张坐到主座上去，小张表示没必要，老同学坚持己见。二人正在争执不休时，一旁的刘晓华突然叫小张。

咋了，刘晓华？小张一个没注意，被老同学摁在了主座上。

你自己过来看！刘晓华很不高兴地将手机撂在桌上。

因为桌子太大，小张不得不从尊贵的主座上重新起身，绕过宽阔的桌面弧线来到刘晓华跟前。

在五个人的小群里——

王敏说：我到楼下大堂了，你们人呢？

小赵则说：我马上下来，你们打车了吗？

王敏：打什么车，地点呢？ @小张

王敏：@刘晓华 你人咋也不在？

至此，小张才明白，虽然他们使用各种理由声称不想来，但并没有表示不来。一切过错在于小张欠一句话："来嘛。"

小张赶紧发了个定位，一个劲承认错误，叫他们赶紧来。

刘晓华责备道：瞧你这事做的。

然后在群里补充她和小张已到。

是，小张道，反正五个人确实打不了一辆车。

王敏和小赵表示：就到。

小张这才松了口气，然后把这个喜讯告知去叫来服务员的老同学。

老同学果然喜上眉梢，对服务员改口道，那，就撤两把椅子吧。

小张想说三把，毕竟李芫没在群里吱声。但他转念一想，还是算了，防止李芫跟王敏小赵一起来了，自己再次犯错。也正是因此，他才注意到有一条王奎早前发来的短信：李芫怎么联系不上？

当晚，李芫确实跟王敏小赵一起来的。五个人，加上小张的老同学，又是一顿胡吃海塞。好事不断在于，老同学的孩子到了医院后，经查没什么大碍，嫂子把孩子送到父母处后，也赶来了。而老同学听说王敏看过小津安二郎的《秋刀鱼的滋味》后，一拍脑门，中途又叫来一个好哥们，当地某公司的导演。该导演长发披肩，很有艺术家气质，拍过几部微电影。这些微电影可以通过搜索引擎轻易找到，他举着手机挨个让大家欣赏了他的电影作品。不过，小张完全不记得了，只依稀记得一些酒瓶子在地上被踢翻踢破的声音。

也就是说，到最后，这个曾经需要撤椅子的大桌子居然要加座了。几乎所有人都喝大了。连一直不怎么喝酒的李芫，最后也喝得伏桌痛哭了起来。怎么回宾馆的？只有刘晓华记得。她说是那个导演叫了公司的一辆面包车，将我们一车拉了回来，她怀疑这个导演不是什么导演，是婚丧嫁娶一条龙服务行业的，顶多是帮助摄影的，因为她发现面包车上有几个空的骨灰盒。这应该没错，他们不是打车回来的，因为小张事先给刘晓华发去的五十块钱红包次日又返回账户了。刘晓华还说，回到宾馆还没完，小张赖在王敏的房间就是不走。这也没错，小张次日确实是在王敏的房间醒来的，只是王敏是在小张的房间醒来而已。刘晓华说，还有……但小赵说，大家都喝多了，丑事就别说了。刘晓华这才闭嘴。

其实之后还有两三天时间，按理说，轮流埋单，小张是逃不掉的。好在一向体恤民情的领导在最后几天也扛不住了，而且行程即将结束，饭桌上上点酒于情于理也是说得过去的。既然晚饭有酒，大家也就犯不着自己组织小团体外出喝酒了。换言之，领导的一声"上酒"令下，就彻底粉碎了小张他们五人的小团体。领导毕竟英明。

安全回到家后，向媳妇汇报，小张提到了两点：一，他怀疑李芫跟小赵有一腿；二，自己一分钱没花。对于第一点，媳妇勒令他搁家里说就算了，并追问了种种迹象，但让小张在外面千万别胡说八道。对于第二点，媳妇表示，跟单位出去还花钱，你到底是不是有病？

读经日

过年期间，我一直在喝酒。亲戚，朋友，过路客，以前的同事，初次见面的人，各种酒局，从腊月喝到正月。然后我想，再这样喝下去是不是有点问题？想着想着，我就感到了身体不舒服。肺，或者肺后面的心脏，隐隐有刺痛感。我爬起来洗了个澡，那种刺痛仍然清晰可见。这到底是不是疾病？到底是什么疾病？与长时间的喝酒有关系？我会不会就此病情日益沉重然后来日无多？尤其是最后一个问题，几乎要击溃了我。虽然我从来没有怀疑过自己会死，但我可还没有想过自己会死。我进而想到自己死后的画面，我的亲人还活着，我喜欢的和讨厌的人都还活着，他们继续喝酒，在酒桌上回忆我，谈到所谓的"有趣"之处，他们还笑了起来。这真是让人悲痛万分。这种绝望在我看来足以让一个人自杀，而不是甘受病痛的折磨，最后像一个扭曲的麻花那样死在医院的病床上。

就是这时候，我接到了一个电话。对方名叫李剑，是本地一位小有名气的作家。在这段酒局不断的日子里，我隐约记得有过他举杯的身影，这没有什么不正常的。他很健谈，但我实在想不起他在酒桌上说过什么,这也没有什么意外的。所以他问我今天来不来的时候,我蒙了。然后他就是骂我,然后再次发出邀请:今天下午两点,他在刀锋书店举办他的新书发布会,我早在上次喝酒时就答应了他。"务必来,活动后有酒局。"我想都没想,就说好。

然后我更加痛苦了。不在于我允诺前往,而在于我想都没想。我摁了摁胸前有刺痛感的部位,感觉自己真的快死了。

我不是很准时地来到了刀锋书店。如我所料,活动并没有准时开始。出乎我意料的是书店里人山人海,真不理解时代发展至今,为什么书店这么火爆?不是说大家都不爱看书吗?不是说大家都看电子书吗?不是刚刚过完年吗?人真的太多了。书店门外挤满了抽烟的人还可以理解。书店门口,那个摆放所谓"店主推荐""畅销热门"的地方也挤满了人。比如,我如果进去,就必须从一左一右互相背对着的两个漂亮姑娘的臀部中间别过去,这确实挺叫人为难的,让我感到自己极其猥琐。除了这些衣着鲜亮的年轻姑娘,还有一些看上去特别深沉的老头子,从他们身边挤过去的时候,他们的眼球总要翻过老花镜的上框看我一眼,让我觉得自己特别没有教养。而在书店内部,咖啡区域内,确实有人点了蛋糕这类的小点心在拿小塑料勺子像剔屎一样往嘴里送。而各种分门别类的书架前确实有人站在那儿捧着书,我总是担心那些书架会倒下来,然后将这些人砸死。

这么说吧,我已经一年多没来过书店了,它还是我来过的样子。

在活动区，一圈座椅差不多已经坐满。李剑没有发现我，他正站在一侧和一个被大丝巾缠绕住上半身的女人说话。这个女的我当然也在酒桌上见过，叫什么忘了，挺有名的吧，三四十岁的样子，大丝巾是她的招牌打扮，是本市一个颇有影响力的读书沙龙的召集人，据说还兼职在电视上主持一款读书节目。我家电视很早就坏了，所以没看过。我还收到过她发来的一些邀请，此类新书发布会就不说了，她的邀请函里还有小剧场、诗歌民谣音乐会、昆曲话剧之类的玩意。我也都没去过。

呆×，这边。我听到有个熟悉的声音这么叫我。我还听到了一些额外的笑声。

是戴国华，他坐在第一排。与他并排的还有几个熟面孔，我分别点了点头。第一排是预留给嘉宾的位子，每个位子上居然还写了名字。也有我的名字。我走过去，并没有坐下，而是将自己的名牌从椅背上揭下，然后折叠好塞进口袋。就这么站着跟戴国华说了两句。

你怎么也来了？

不是说晚上有饭局嘛。

哦。

你最近忙啥？

没忙。

写什么了吗？

什么也没写。

我之所以这么做，并非我和戴国华有什么非说不可的必要，我只是借机环顾一下底下坐着的人。

没有熟悉的面孔了。但我看到坐在第二排,也就是坐在戴国华后面一个女的在冲我笑。

这时候李剑也走过来。他似乎想跟我握手,我说我先上个厕所。

厕所里也全是人。我等了会儿,找了个蹲间,关上门,狠狠擤了个鼻涕,仅此而已。然后我返回活动区,果然,第一排被坐满了。我很高兴地在第二排坐了下来,与那个冲我笑的女的隔着一个人。她再次俯身侧过脸来冲我笑。我也只好回报以微笑。

活动开始了。

主持人介绍李剑和他的新书。李剑自述写作初衷、过程和心得。主持人和李剑一问一答。戴国华等嘉宾们上台吹捧。我也吹捧了。我说李剑长期默默无名,现在堪称横空出世,以其独具一格的小说方式给死气沉沉的当代中国文学带来了一些让人渴盼已久的喧哗。他的努力和才华已经获得了海内外各大文学期刊的认可,受到了腰封上几位国内著名作家的褒奖,各种大大小小的文学奖项也颁给了他。而且据说(上次在酒桌上李剑自己说的),英法日等海外版也正在洽谈和译介之中。"继莫言之后,获诺贝尔奖也不是不可能哦。"说到这里,我没忘补充一句,"向李剑老师学习。"我的吹捧显然得到了热烈的掌声。

事实上,我并没有怎么看过李剑的小说。或者看过一两个短篇,但毫无印象了。我们之所以偶尔能在酒桌上碰到,是因为他的经历奇异,能告诉我们一些好玩的事。比如他当过狱警。有一个七十多岁的老犯人曾对李剑主动提出愿意帮后者口交。李剑拒绝了。但我们当然不会相信他真的拒绝了。后来李剑被调到了作协工作，他说去某个乡采风时，认识了当地一个"文学中年"，后者家境贫寒，身无长技，除了种地，就是经常写一些五言七言那样的古体诗。李剑认为，那些古体诗并不比顺口溜高级。而这位"文学中年"的愿望却是能被吸纳为市作家协会的会员。"文学中年"每次进城都会到作协来找李剑，尊称李剑为李老师，奉上自己的诗稿请求教益。后来李剑一旦听说此人来访，就不得不躲起来。再后来，就是这个"文学中年"得癌症死了。最后一次看到他，李剑记得还很清楚，因为等待李剑，"文学中年"坐在作协大厅的走廊长椅上睡着了。已是下班时间，李剑蹑手蹑脚地路过他的身边，成功地没有吵醒对方，然后一溜烟跑掉了。

小说不论，必须承认，饭桌上有李剑是一件幸事，他段子众多，也算妙语连珠吧。

在签名售书之前，李剑还需要和在座的热心读者进行互动。有两三个问了"你为什么写作？""如何才能写好小说？"之类的问题后，就没人举手了。大丝巾主持人一而再再而三地问："还有人有问题吗？"结果没人举手。不过，我注意到隔着一个人那个女的似乎想举手，举得不坚定，或者举得不够高，没被大丝巾看到，只好作罢。

和戴国华等人在书店门口抽烟等待李剑签售完去吃饭的时候，那个女的也在书店门口逗留不去。她仍然冲我微笑。

我们认识吗？我不得不上前问。

不认识不认识。她似乎被我吓到，摇晃着手，并有点慌不择路地走了。

你跟谁说话?戴国华问。

不认识。你认识?我说。

没注意。

就是刚才那个女的。

女的?你粉丝?

不知道。

胸口的刺痛再次袭来。我抚着胸口向她离开的方位看去,已经没有了她的身影。

酒桌上,我们没有过分聊李剑的新书。我们聊了些别的。

戴国华揪住政治话题谈了很长时间。戴国华就是这样,除了性(有鉴于酒桌上有三两女人,没放开来说),他只对政治感兴趣。

大丝巾(吃饭时仍然戴着)显然对我们这种话题毫无兴趣,她一直在和李剑互相传递活动照片,然后就是刷新自己的朋友圈,看今天活动的点赞和留言情况。偶尔给我们读一两条在她看来比较好玩有趣的回复。诸如"李剑台风真棒,大师啊",诸如"戴国华戴老师能不能说话时别那么不正经"。

话题因此转移到大丝巾那里。她说下周一在城南花港茶社有一场关于《金刚经》的讲座,主讲人是清凉寺的了音法师。大丝巾说她现在特别服膺该法师。

真的很厉害。另一个人对了音法师有所了解的人附和大丝巾。

去不去?去的话我给大家留位子。大丝巾说。

除了我和戴国华,大家都表示想去。

大丝巾大概也想起来我从来没有参加过她组织的活动，特意问我：你呢？

我心里确实泛起一股苦味，像开玩笑那样说，如果我到那天还活着就去。

大丝巾当然很不满我的回答，她只是夹了筷子西蓝花，喝了口菊花茶，继续低下头看手机。戴国华却哈哈大笑起来。

我去我去，戴国华对大丝巾说，如果你喝一杯酒，我一定去。

大丝巾面有愠色，重新郑重地声明：作为居士，她早就不喝酒不吃荤腥了。

那你跟老公还过夫妻生活吗？戴国华显然没忍住。

结果很明显，大丝巾生气了。她说了声先走了，就这么走了。另外两个女的是大丝巾的闺蜜吧，也跟着走了。

李剑代表大家批评了一下戴国华，但仅此而已。酒局不仅继续，而且热烈了起来。

李剑的优点也因此发挥了出来。他问戴眼镜的各位，过夫妻生活，你们到底还戴不戴眼镜？

李剑甚至脱下自己六百度的眼镜，问：你们有没有觉得，不戴眼镜跟亲身演有码毛片似的，很不过瘾啊。

毫无例外，我又喝了不少。大概是酒精麻痹的缘故，回家的路上我没有感受到胸口的刺痛。我没有像平时那样急着打车，而是摇摇晃晃地走了很长一段路，后来走累了，正好在车站，就上了公交车。公交车没有直达我家，下公交后，我又坐了几站地铁。地铁距离我家还有三站路。我走了回来。

我不怀疑酒后我隐隐还有个念头，就是希望看到活动上那个冲我微笑的女的。这个念头在公交车上，地铁上，街上，墙角，垃圾桶后，或者干脆从下水道冉冉升起。

在酒桌上，当然没有人会谈论她。他们没有注意到她，或者他们压根就看不见她。我甚至发微信问了大丝巾。我很是费了一股子力气才找到她的微信号，原来她叫王爱书。真是人如其名啊。

我说：爱书，《金刚经》讲座是哪天？

下周一，王爱书说，并补充道，下午两点，花港茶社。

我说：好的。

回到家后，我在布满灰尘的书架上找了找，确实找到一本《泰山经石峪金刚经》，这是摩崖石刻拓片影印本，据说是南北朝时期的，出版是基于它是一本隶书法帖。我二十来岁的时候，在地摊上买的。那时候我要比现在文气多了。没事的时候我就临摹这本法帖。我的目的可不是要当书法家，时至今日我仍然认为，书法家是个笑话，就好比小说家是个更大的笑话一样。我只是无事可干。在临它的时候，我确实从来没有考虑过它到底在说什么。现在，我把它找出来，试图读一读。读到"此人无我相，无人相，无众生相，无寿者相"时，我放下了，拿起了手机。

我问王爱书：问你个事可以吗？

啥事？

我今天坐在第二排你注意到没有？

看到了。咋了？

那你有没有注意到我左边隔着一个人有个女的？

那倒是没注意。
她举手提问你也没看到?
啊?不可能!真没看到。
我说:哦。

第二部分

张德贵小传

大概只有小区物业管理处的黄师傅比较了解此人：那个搬来三年、身形佝偻、头顶略秃、经常穿着粉红色睡衣、手拎一袋包子（菜肉难辨）的男的，是21栋502的业主，名字叫张德贵。他应该没有工作，因为在上下班期间，黄师傅几乎没有看到过他的身影。不仅如此，黄师傅甚至没有看到过他穿那件粉红色睡衣之外的衣服。即便有，也不足以给他留下任何印象。也没有家人，他总是形单影只，身边从未出现过第二个人，哪怕是父母那样的角色。"起码是个光棍"，这是黄师傅基于几十年观察人世的经验判断。这一点也可以从阳台外晾晒的衣物得到验证，21栋502的晾衣竿上除了张德贵身上那件粉红色睡衣比较有亮色之外，其他都是灰暗色的玩意。让黄师傅略感安慰的是，这个叫张德贵的家伙在上缴物业费方面倒是从不拖赖，堪称业主楷模。此外，他也只能无可奉告了。当然，那个在垃圾桶里找塑料瓶的孙老太或许知道一点更为隐秘的东西，因为她好几次在桶里翻找的时候，正巧遇到张德贵下楼将垃圾袋扔进桶里。有一次张德贵甚至没有往桶里扔，而是直接交到孙老太的手上，好让她过一遍再由后者扔进去。这个动作值得深究，1. 张德贵这个人兴许不错，有一点幽默感；2. 张德贵这个人很变态，喜欢嘲弄人。如果孙老太是一位少女的话，脸可能都红了。可惜孙老太年纪太大，或者在追寻可利用垃圾的道路上早已训练有素坦然笃定，根本对这个动作毫无感觉。她的手就是一个大笊篱，或者她这个人只是一个没有任何心理活动的捡垃圾的机械。我们无从得知孙老太的发现，还在于她是一个哑巴。说到哑巴，我们也有理由相信张德贵是个哑巴，因为小区里没人听过他说话，哪怕是在黄师傅那上缴物业费的时候。物业费是固定的，犯不着说话。张德贵当然不是哑巴，这是后话。

至于张德贵家中情形，需要入室查煤气表的王桂兰倒是乐意提供点信息。不过她首先表示，21栋的格局大家都很清楚，进了防盗门左边就是厨房，她不可能穿过他家的客厅，更不可能进入他的卧室（除非她愿意背着自己的丈夫检查一下这位老光棍是否还是处男）。她只在门垫上套鞋套时有意无意地扫过一眼张德贵的客厅，和别人家没有什么区别。沙发电视和一个五斗橱那样的东西。没有餐桌？这是可以理解的，他是光棍嘛，一个人住，犯不着有餐桌。再说了，谁规定人们吃饭时非得有个餐桌？坐在沙发上边看电视边吃饭（菜肴放在茶几上）难道不是更好更常见的用餐方式？如果一定要说有什么异常之处，王桂兰只能说张德贵的家里没有气味。既没有一家人生活多年营造出的隶属于该家庭所特有的气味，也没有人们想象中一个孤苦无依光棍汉所应制造出的气味。这或许可以理解为张德贵是一个爱干净的人，并非文艺作品里所描述的那种破罐子破摔的光棍汉形象。包括厨房，这是王桂兰最有发言权的地方。厨房里也没什么气味，台面也没有多少油渍老垢。张德贵擦拭勤快，做饭不多，这从他煤气表的数字跳动上得到了佐证。每次都是 $1m^3$ 左右。而普通人家两个月的天然气消耗量大致是 $2m^3$ 到 $3m^3$。这 $1m^3$ 天然气应该是热水器的消耗，张德贵需要洗澡，冬天洗其他东西需要热水，仅此而已。

就在几天前，张德贵家失窃了。他报了案，警察来了，黄师傅也跟着警察进了他的家。见警察没有在门垫上脱鞋，黄师傅犹豫了两下，也穿着鞋子直接进了他的家。他不仅有幸穿越张德贵的客厅，还跟着警察的脚步进了他的卧室。因为作案现场就在卧室，具体而言是在张德贵衣橱的抽屉里。那里是他放现金、存折以及几件首饰的地方，现在空了。此外还有一些其他失窃物品，诸如相机和笔记本电脑。出乎黄师傅意料的是，张德贵睡的是一张双人床，而且像自己有妻子那样床头一左一右分别有两个枕头和两个床头柜。更让他震惊的是，位于床头正中的墙面上有一张婚纱照。长得不太像张德贵的张德贵穿着燕尾服那样的衣服站在一辆没有马的马车前，他戴着白手套的手中当然也没有缰绳，只是平举在自己的腹部，一个轻飘飘的女人则用手挽住了他的这只胳膊。黄师傅不确定自己没有见过这个女人，也不确定见过。这让他对自己感到失望。

警察记录了失窃物品，也用手机拍了拍空空如也的抽屉以及靠近阳台一角疑似小偷的脚印，然后就走了。黄师傅记得，除了介绍自己丢掉哪些东西，张德贵也没有多说什么。在回到自己家后，天已经开始黑了，黄师傅忘了开灯，坐在黑影里发了好一会儿愣。后来他还感到一种类似于绝望那样的东西。所以我们仍然不知道张德贵是个什么样的人，是做什么的？他的家庭结构是怎样的？他的妻子到底是谁？……

    我们已经尽力了。

分别少收和多给了十块钱

> 上帝对幼儿园的孩子是仁慈的。
> 对上学的要差一些。
> 而对成年人,
> 毫无怜悯,
> 完全不管。
> 有时他们必须匍匐在滚烫的沙地,
> 向救护站爬去,
> 浑身是血。
>
> ——耶胡达·阿米亥

　　一个在网上认识的女的跑来找我,我们吃饭,睡觉,然后她就该走了。出于礼貌,我送她去火车站,在入口(不是站台)我和她挥手告别。看到她消失于人群,我松了口气。在出站的时候,我遇见了自己的表哥。我的表哥是开面包车的,专门拉那些不远万里来到南京却不认识路的客人。无论这些客人捏在手心里纸条上的地址有多近,我的表哥都会非常乐意地开车拉着他们在南京的大街小巷里绕个遍，并热情洋溢地向他们介绍南京的历史、名胜和饮食。没错，这很容易培养陌生人（表哥和乘客）之间的感情，让远道而来的客人有宾至如归的好感。最后，他当然会精准地将他们送到目的地，只是此时乘客总是会被他报出的车费吓一跳，无不脸色一沉，一路上好不容易培养出来的感情瞬间消失。有的乘客会捏着鼻子认栽。也有拒绝掏钱的，这样一来，我的表哥就会掏出手机，五分钟内，就会有四五辆同样的车出现在这些人的面前。还有哭穷的，一只手上捏着少得可怜的钱钞，另一只手则翻遍自己所有的衣兜，然后将那些衣兜的里子就这么翻在外面。我的表哥确实会看一眼那些鱼泡一样的衣兜里子，除了一些渣滓一些被洗成碎末状的票据，他确实什么也没看到。遇到这种情况，表哥就会善心大发，少收他们十块钱。但总而言之，脸色一沉、拒绝掏钱和哭穷，终归都是一些无效的表情。这些事都是我坐上表哥的车后听他说的。我为什么会坐上我表哥的车呢？一方面我们好久没见，需要像一对合格的亲戚那样嘘寒问暖。而当他听说我还没有结婚并没有对象的时候，他震惊了，半晌都没有说话。然后他就发动车子，说要带我去一个地方。他说他有一个修无线电的朋友，恰巧这个朋友有个女儿，也没对象。他要放下生意不做，特意开车带我去找他的这位朋友，希望后者能够成为我的岳丈……

上述是我八年前写的一部短篇小说，题目叫"爱谁谁"（见《青春》杂志 2010 年 11 期，或本人小说集《躺下去会舒服点》）。按另一个小说家顾前的说法，他认为那篇小说极其下流黄色，给他留下了"深刻的印象"，经常在饭局拿出来作为铁证攻击我高洁的品质。我当然不以为然。不过我自己也不喜欢那篇小说，只是认为没写好罢了。后来出版小说集的时候，我本不打算收录。但审查人员认为在我的小说集清样中有好几篇东西都下流黄色，勒令抽去。为了保持体量，我只好将这篇在顾前看来有过之而无不及的"极其下流黄色"的玩意给塞了进去，没想到居然顺利通过了。这是不是能够成为一则文坛趣闻呢？我的意思是说，从我上次见到表哥距今已有八年，而在这八年中，据说我已经成了一名作家。

　　为什么和表哥长达八年没见？这个问题我也觉得奇怪。总之，我认为这不是我们故意的。只是没有机会而已。在这八年里，我们整个家族里没有死过人，好像也没有结婚的和出生的人需要我们同时到场祝贺。我没有邀请过他来我家吃饭，他也没邀请我去看望嫂子。我对表哥的印象主要集中在很多年前，应该是上个世纪九十年代末，他手持大哥大腰缠BP机出现在防汛大堤上的形象。对，应该是1998年，百年不遇的洪水。宽阔的江面，浑浊的江水几乎与大堤持平。一阵暴风雨，或一艘巨轮经过，波浪即会越堤而入，然后顺着大堤的内侧流淌到低矮的庄稼地里。那是一片西瓜地，我们这些被政府组织上来防汛的人主要靠这些西瓜解渴。我的表哥则对这些被江水浸泡的西瓜嗤之以鼻，后来我们也确实不再想吃那些被泡得瓜瓤都发白的西瓜了。只好去大堤下面一户安徽来种地的人家借水喝。这户人家既种田，也打鱼。每天天蒙蒙亮的时候，男主人就扛着小木船（具体而言只是一个大木盆，常见于农村杀猪时所用）从堤脚爬上来，然后放入江面，再整个人坐进去，一支小桨，几下他就划到了江心。在那里提网收鱼。这让当时还是学生的我感到极其羡慕，多次要求和他一起去江心，却都以木盆太小容不下二人而被拒绝。他还有一个正在念初中的女儿，虽然还小，但发育完美，经常在家里洗了头发就会爬上大堤让江风吹干，胸脯高耸，长发飘荡。我不止一次地想过，自己如果能够成为他们家的上门女婿该多好啊。看到我痴呆的神情，我的表哥斥责"没出息"。他甚至懒得搭理我这个表弟，专注于他的通讯工具。只见他小心翼翼地将大哥大高高举起，希望能够找到一些信号。但这是徒劳的。别说大哥大了，连他腰间的BP机也自始至终没有响过。或许可以这么理解，许多大买卖就这样在1998年与他擦肩而过，使他最终成为火车站一名黑车司机。

上个月，我要坐飞机参加一个活动，而机场大巴就在火车站附近。刚想进站，一辆东风标致408突然挡住了我的去路。车窗玻璃摇下，果然是我八年未见的表哥。"我老远就觉得是你。"他高兴地说。我也说了句"你也没变"。因为我还要赶飞机，所以我们的谈话极其仓促而密集。他不仅换了车，而且又买了套房，之前那套四十几平米的现在租出去了。他老婆，也就是我的嫂子则就在我家附近的某个超市里当货架清点员，至于我那个大侄子（我仅记得他两三岁时的样子），现在已经读高中了。不过，与八年前不同，他没有对我仍然未婚表示什么，而是就我写的小说侃侃而谈起来。"写得不错，不错，嘿嘿嘿。"是这样的，我虽然从来没有在亲戚之间谈过我的写作，也从来没有给过他们我的书，但他们通过各种渠道（比如看媒体报道、上网搜索，或直接买我的书）都知道我在干什么。有的还认为我发了大财并打算问我借钱。

你认识莫言吗？这是我们匆匆互留手机号码后他问我的问题。我给予否定的回答后，发现他略有失望的神色。不过他还是隔着老远冲我喊，回来的时候给他打电话，他可以来接我。我只好微笑点头招手。啊，我亲爱的表哥，远远看去，他头发掉了不少。

为期数天的活动，我就不提了。此类活动都差不多，开会，吃喝，游山逛水，和一些本来不认识将来也可能不会认识的人互相扫一扫微信二维码，然后就各自回家。另外，在这为期数天的活动中，我也早已忘掉来的时候在火车站和表哥的巧遇。只是在返回南京的飞机上，我才突然想到，自己下了飞机，还是要坐机场大巴到火车站。会不会再遇到我的表哥呢？我不确定自己是希望看到还是不希望。我只是认识到这确实是个悬念。如果不出意外（飞机失事，或因为天气原因无法在南京降落），我下飞机再到火车站应是晚上十点左右。我的表哥是否每天都这时候还在火车站附近拉客？关于这一点，可能性太多：

1. 他每天这时候还在拉客。他在那等着。

2. 他每天这时候还在拉客。他已拉了一个客人正在市区乱转，所以不可能碰到。

3. 他每天这时候还在拉客。但我出现的时候，他正好找堵墙去撒尿了，还是没有碰到。

4. 他每天这时候已经自主下班。在家看电视或睡觉。

5. 他每天这时候已经自主下班。在家监督儿子为将来考大学而苦读。

6. 他每天这时候已经自主下班。正在外面和狐朋狗友喝酒、K歌或嫖娼。

…………

之所以有这么多可能性，是因为我对自己的表哥毫不了解。我们起码已有十几年没有任何生活上的来往。我们是有血缘关系的亲人，实质上却是毫不相关的两个人。由此我想到，在他十六岁以前，一切可不是这样。我们两家住得很近，那时候我们的父母还都健在，经常在生活上互通有无互相帮助。我们上学放学总是一路，平时都在一起玩。我知道他屁股上有块胎记，也知道他的成绩不好。他那个当小学教师的爸爸对他很不满意，然后至死都一直对儿子表达着不屑之情。他妈妈则因为常年卧病在床根本就管不了他。在学校里，打架斗殴他也不出众。有一次我被人打了，找他，他说找他也没用，并坦承他也打不过那个打我的人。如果说他有什么优点，不知道唱歌算不算？他从小就爱唱，边走边唱，流行什么唱什么。不唱也吹口哨。他骑着自行车，我坐在他的后面，一路都是他嘴里发出的那些旋律。某年学校"一二·九"歌咏比赛，他上台唱了首陈百强的《晚秋》，而且是用粤语唱的。以我的标准来看，他唱得简直好极了。后来也听说过他参加过一个歌唱比赛，获得过鼓励奖。但这是后来，我已说过，十六岁，初中毕业后，他就到社会上去混了，之后所有的事都只能是听说。这包括上文提到的大哥大和BP机，虽是亲眼所见，但我并不知道他当时在做什么。

你到底在搞什么？我坐在1998年的防汛大堤上问。

什么都搞。他说。

你想怎样？

我想怎样？你以为呢？

我不知道。

还能怎样？我告诉你，我要发财。懂了吗？

懂了。

下了飞机，到了火车站，一群黑车司机立即围了过来。没有我的表哥。我说不出是失落还是高兴，说成无所谓似乎也不那么正确。听出我的南京口音，以及我家地址后，黑车司机们纷纷散了。不散的表示没有五十块钱，他们不会拉我。我说你们开玩笑吧，打车到我家也顶多十五块钱，最多二十。没想到此话一出，人群都笑了。这时候只有一个操苏北口音衣着寒酸的中年汉子走了过来，说，二十块钱，他愿意跑一趟。我只能宽慰自己，也并非所有的黑车都那么黑啊。

我跟着他朝停泊在一旁的车群走去，出乎我意料的是，他的车并非表哥和其他人那种价值十来万的轿车，而是一辆极其破旧的小面包车。车子启动后，不知道哪儿，到处都漏风。就好像我的表哥八年前的那辆面包车转手给了他似的。这也不是不可能。

我说，现在黑车还跑面包车的难得一见，你怎么还开这种车？

他说，老板啊，你说得轻巧，难道我不想？没钱啊。

你们开黑车的，钱也不少挣吧？我以商量的口吻说。

别人不知道，我不行。

怎么？

说了你不信，我一个月只能跑一千多块钱，爱信不信。

我还真的有点不信，我说，这不太可能吧？再说了，你车还可以帮人拉货呢，比如帮人搬搬家什么的。

　　不会。他说他不会使用电脑，所以没法把自己的信息贴在网上。他也不会玩智能手机，滴滴打车和优步，他也玩不了。他只能在火车站守株待兔，或者在大街上瞎转悠，希望有个保持着过去行为方式的人找他干活。没文化不行，他的结论是这个。他还说到他应聘招工，有些工作确实不需要文化。只是交了一百块报名费后，他还被要求去体检，体检也得花钱，所以招工他也不想去，去不了。

　　这个话题看来确实有点沉重。我想，换个话题聊聊他的家庭和孩子总归要好点。不过这个话题似乎更为沉重。他并非我所料想的那样老婆孩子都接过来了，而是全部都在老家。因为他没法在南京养活他们，他所挣的那点钱仅够他本人租房子和吃饭用，连烟酒都戒了才够。他的女儿即将高考，而儿子也快读中学了。他孤身一人在远离故乡的省会南京混得很差，不知道如何是好。

　　最后我只好再次转移话题，问他：嗨，你认识一个叫张德贵的人吗？他是我表哥，也开黑车。

　　考虑到真名实姓或许并不存在于他们的交往之中，我还描述了张德贵的体貌特征：一米七不到，短发，有轻微秃顶，小眼睛，穿一身假名牌，腋下夹着一个书本大小的皮包。

　　我注意到他认真想了想，说：不认识。老实说，我还真怕他说认识，那样我不知道接下来说些什么。于是我们只好闭嘴。

　　他很轻松地就找到了我所在的小区，原因是他住在我附近的一个村子里，对我所在小区也很熟悉。不知道为什么，我下车后多给了他十块钱。给了钱，我就慌不择路走了。我害怕他说声谢谢。但他还是说了，我很难过。就是这样。

  我想说说他所住的那个村子。村子距离我所在小区大概有三站路的行程，位于火车铁轨和居民区之间那片荒地里。当然，这么说也不准确，那个村子肯定比四周的所有高楼大厦都古老，只是那里灯火昏暗，道路泥泞，房屋低矮破旧。进村那条道在高架桥下，隐蔽而曲折。无论你是乘坐公交车、火车，还是别的，一般很少有人会注意到这个村子的存在。它很小，大概原先只有几十户人家。现在这些村民大概都搬走了，将房子租给别人。因为租金便宜，村里住满了外来务工人员，收破烂的，搬家公司的，水电工，包括这位开面包车的司机。

  我之所以知道这个村子，是因为几年前的一天晚上。那好像确实是一个春天的夜晚，我和当时的女朋友吃过饭，也看了会儿电视。当时，我们的关系还不错，大概还没有料到我们之后的分手。她说，嗨，我们出去走走吧。我说，呵，好啊。于是我们就出去走了走。老实说，如果不是她，我从来没有想过在深夜出去走走。也就是说，我并不熟悉自己生活了十多年的小区及其周边的环境。托她所赐，我发现夜晚要比白天美丽。街面上行人车辆稀少，万家灯火下，人们看起来似乎十分满足。并非有意，我们后来就信步走到了这个村子。除了不远处铁轨上偶尔哐当哐当的火车（你甚至能看到硬座上的人正在看着你，而他们又当然看不到你），此外就是一片寂静。我们甚至能听到村内屋子里传送出来苦力劳工的鼾声，听起来他们也很满足。还有一些在夜色中的植物，它们在黑暗里散发着清香。

男厕外传来了有人吗的女声

每到夏天,朱白都会趴在自家的凉床上迅速地将暑假作业做完。暑假作业和寒假作业一样,一向是教育有关部门针对中小学生编写出版的,它和开学时发的新书无异,无不散发着好闻的新书墨迹未干的香气,让朱白总有那么一点小小的紧张和激动。该新书除了大量的后缀为"?"的铅印文字,就是括弧、下划线、方格和空白,这些地方需要朱白用圆珠笔和铅笔填满。总之,因为作业是以一本新书的体积存在(暑假比寒假长,暑假作业也厚了整整一倍),这使写作业更像一项工程,迫使朱白在放假第一天就开始动笔。对应于酷暑,朱白奋笔疾书,挥汗如雨,辅以门前大树上的蝉噪、烈日或暴雨,画面相当感人。当他终于做完,噘起嘴唇吹掉书页和桌面上的橡皮条垢,合上整本暑假作业的时候,他似乎才愿意伸出手来擦擦额头的汗珠,露出一个三好学生应有的笑容。新学期报到之日,朱白会上交这本作业(先交给组长,组长再交给班长,班长再统一交给班主任。值得一提的是,朱白历任过此类职务),如果班主任真的会摊开它检查作业完成情况的话,后者会毫不例外地嗅到圆珠笔笔油的味道、汗味,乃至朱白的体味。

虽然这已经是二十多年前发生的事,之后二十多年的夏天与此无关,但朱白对此还是记忆犹新。他甚至还想到暑假作业里除了一些与课堂学习有关的题目外,还有一些趣味问答、成语接龙和填字游戏。似乎正是后者的存在,不断善意提醒着朱白:小朋友,你正在欢度暑假哦。时隔二十多年,朱白确信那些暑假是欢乐的。这些欢乐甚至包括同龄人溺毙于河塘的不幸。朱白看过日本一部名叫《河童》的电影,具体内容他一点也想不起来了,"河童"二字确实根植于心。那些下河洗澡不幸淹死的小伙伴们啊,死亡使他们不再成长,他们成为永恒的"河童"。

幸存者朱白转眼活到了二十多年之后。他毕业于名牌大学,成为一名有事业编制的单位员工,工资在政策内连年增长,在"非典"那一年还因为表现出众(具体是在辛勤工作中连口罩都忘了戴)入了党,继而在房价暴涨之前幸运地买了房。娶妻生子,又顺应城市拥堵的必要,买了辆价格适中不算丢人的车。节假日,他偶尔会载上妻儿,开着这辆车回到家乡看望父母。如果在返程的高速上,被堵在半路,他也会不失时机地使劲敲打几下方向盘,骂几句"shit"或"fuck"。没错,朱白是一个喜欢在电脑上看电影的人,除了"一本道",也看"啄木鸟",并非是在妻儿和汽车面前炫耀英语水平。他有英语四级证书,但也仅此而已,只是当年的学位证明材料。在唯一的一次出国经历中,朱白沉默寡言,因为"shit"和"fuck"相当于他的母语,所以也不敢轻易出口。在一个业余羽毛球俱乐部,他的"shit"和"fuck"曾引起过一个名叫刘晓华的女球员的关注。"朱白，你真有意思。"刘晓华曾特意走过来上下打量朱白两眼，这么评论道。朱白脸一红，此后尽量用中文的来替代，刘晓华也便再没过来搭话。

刘晓华五官长得一般，尤其让朱白难以接受的是乍腮[1]，而且打球时，她习惯于将头发束成一条马尾，使乍腮尤为突出。不过，这张宽大的脸膛在很多人看来都无足轻重。刘晓华身姿矫健，有两条雪白的大长腿，由白色的耐克运动鞋直通黑色的运动短裤，然后是翘臀、细腰和双峰，乃至于脖子上挂的铂金链子也尽善尽美。她自己显然也认识到了这一点，很难说她不是因为要秀一秀自己的身材才报名参加这个俱乐部的。但也不排除另一个可能，正是运动，让她的身材得以保持至今。如果没记错的话，刘晓华好像比朱白还大一两岁。她不仅早已嫁人生育，而且据说还生了一对双胞胎。这确实够神奇的，朱白没有在她接高空球时裸露的肚皮上发现剖宫产刀疤（对应于自己妻子肚皮上那块刀疤的所在位置），这不免让朱白脑子里出现这样的画面，那对双胞胎，一个接着一个从刘晓华的阴道里笑嘻嘻地爬了出来，也开始过上了幸福的童年，转眼就读于某小学，也写起了暑假作业。朱白在街上也曾巧遇过刘晓华，当时还是春天，刘晓华已经率先穿起了热裤，只是大长腿上还套上了一条肉色的长筒丝袜。因为不是在打球，她的头发放了下来，遮住了她的乍腮。这确实让朱白惊艳了一下。只是当时自己的老婆韩丽也在，后者不免表现出了应有的不悦（朱白居然认识这样的女的）。朱白只好安慰韩丽，也是在

---

[1] 南京方言，指腮帮子大。

说服自己:"我们那个俱乐部的嘛,这个女的名叫刘晓华,羽毛球打得不行,你不知道,乍腮,脸有你两个大。"

朱白不是那样的人。他出身寒微,朴实、上进、有责任感。这基本是这些年里老师、领导和长辈达成一致的评语。包括每年花两千块钱打羽毛球,也是对"生命在于运动"这一口号的响应动作而已。这难道不正是他老婆韩丽看上他的原因?从某种意义上来说,韩丽也享受到了丈夫打球带来的好处。比如,打球使朱白显得生气勃勃,比自己闺蜜那些秃头腩肚的丈夫们看上去要体面英俊多了。在床上,朱白也不减当年,不仅干劲十足,还花样繁多,让身为妻子的她惨叫不已。事后,韩丽曾开过丈夫的玩笑,说你这么能干,会不会只干老婆有点不够?朱白则说了一句让韩丽至死都会感动的话:"老婆啊,别胡说了,这都是因为你是我老婆我才这么能干。"韩丽不免撒起娇来:"我怕你被那个打羽毛球的给勾引了。我不让你打羽毛球了。"

确实有半年时间朱白没有再去打羽毛球。他一下子忙了起来。孩子要上小学了,他要把孩子弄到最好的小学去。他如愿了。单位要评一个先进集体,需要补办各种材料,加班加点,朱白作为单位里的青壮,作为积极分子,有必要付出比别人更多的劳动。此外,新的一轮人事安排也在这一期间进行。老的即将退去,朱白这拨精干即将接过权柄。没有人会怀疑办公室主任的职位不是朱白唾手可得的。他们甚至已经把"朱主任"这一尊称散布开来了。虽然朱白无意于非要夺取主任这一权柄,但大家既然已经叫开,如果最后自己没有成为主任,那只能当众出丑。出丑恰恰是朱白唯一不愿意接受的东西。朱白没有出过丑,哪怕是喝酒,他也基本能够做到强大而镇定。他的酒量本来就不错，可以干掉所有递过来的酒杯，且能够始终保持杯沿低于对方，尺度深于来者。酒品酒德俱受人尊敬。即便是喝多了，他也不会失态。如果实在撑不住了，他会找一个地方沉沉睡去，连鼾都不打，完全不干扰他人。

  该活动的都活动了，该操作的也都操作了。朱白的唯一任务就是等待。这还是让朱白想到了二十多年前的暑假作业，他勤奋并积极地做完了，尽了自己所能做的一切。至于做得是否让他人满意，他又怎么能说呢？在一次家庭餐桌上，他的岳丈，也就是韩丽的爸爸，也就是朱白的入党介绍人以及老领导，甚至拍着自己的鸡胸宽慰全家老小：朱白这次升上去是百分之八十的可能，剩下的百分之二十属于意外，而意外属于天算。如果朱白最后没有出现在干部提拔人员公示名单中，那只能叫人算不如天算，也没什么好遗憾的。不过，在洗锅碗的时候，朱白的岳母看着韩丽撅着屁股把洗好的碗碟塞进碗橱的时候，注意到自己女儿穿的是一条卡通米老鼠睡裤，没穿袜子塞进拖鞋的脚后跟上布满了起了皮子的老茧。而当女儿直起身的时候，她又发现女儿跟自己一样连胸罩都懒得穿了。老太太不禁不安了起来。她没有当着女儿的面说什么，只是劝女儿应该多注意身体。晚上到家，上床关灯之后，她才叹了口气。朱白的岳丈不由得被这声叹息惊醒，在他的印象里，早年妻子习惯于深夜长叹，而一旦长叹必有什么不得了的大事，非得跟自己大吵大闹一顿不可。自己退休每天在家后，她就不再搞这一套了，出于恐惧，他问老伴怎么了，老太太欲言又止，脑子里再度浮现女儿的样子，最后还是说了一句莫名其妙的话:"你说朱白是不是太顺了?"

朱白所在的业余羽毛球俱乐部,说白了,就是他们七八个羽毛球爱好者,每周末集中在一起到区体育馆打球,搞一身臭汗,然后心满意足地各自回家。有时打完球,他们也会去喝个扎啤撸个串。至于费用,平摊。刚开始他们还聘请过一个国家二级运动员当教练。后来他们发现,打球只是活动活动,他们并不想参加奥运会,所以就不再找教练,自己打。单打、双打、男女混合打。朱白半年没去,再去,发现人少了几个。其中有一个得癌症死了,这朱白是知道的。俱乐部有一个微信群,噩耗当时就在群里公布了。刘晓华还提议大家一起去火葬场给这位会员送行。朱白因为忙,没去。去的人在群里发了照片,火葬场的烟囱、灵堂、死者家属之类,以及球友之间的互拍。大家都表情凝重,兔死狐悲的哀戚之情也不难看到。让朱白印象深刻的是刘晓华。刘晓华龇牙咧嘴哭了。女的嘛,在这种情景下哭两哭也是一种职业风格。更夸张的是,刘晓华黑衣黑纱,一副遗孀的装扮。朱白当时在群里看到刘晓华的照片时,没忍住,居然不合时宜地笑了出来。不过,他还是迅速收敛笑容,并环顾四周,希望自己这一失态没被别人发现。不幸的是,他的笑声还是被一旁的韩丽听到了。他只好将群里这些照片让韩丽看。

"瞧,这就是那个女的。你见过的。"

"难道死的这个人是她老公?"

"据我所知,不是。"

"有一腿?"

"不知道啊。"

"肯定有，瞧她那作怪的样子就知道。"

所以可以说，朱白半年后重新返回俱乐部，还带着想替韩丽打听打听刘晓华和死去的球友有没有一腿的任务而来。没想到，没来的人里，除了死者，也包括刘晓华。这让朱白略感失落。不过转念一想，也挺好。所以，撸串的时候，朱白就将话题引到了这方面来。

"王明怎么会得癌症死掉呢？他身体那么好，三十四还是三十五？"

"这谁能说得清楚。说死就死啊，人真是。"

"刘晓华真是热心人，瞧她哭的。"

"你不知道？"

"什么？"

"你真不知道？"

"不怪他，他半年没来了，刘晓华的事，大家也不会在群里说。"

刘晓华的事可以解释两个问题：1.她为什么在球友葬礼上哭得那么厉害？ 2.她为什么也好久没来打球了？答案是，刘晓华的丈夫有了外遇和她离婚了，一模一样每天像照镜子一样的双胞胎被活活掰开，夫妻一人一个。这确实让朱白大吃一惊。他无法形容自己的感受。他只是不断地想起以前球后撸串时的场景，刘晓华和大家一样，在体育馆冲了澡，因为那里没有吹风机，刘晓华就披着湿漉漉的头发坐在自己对面，她的小脸（乍腮被垂落下来的头发遮掩住了）红扑扑的，因为腰挺得直，胸就像端上桌的一道大菜。她还不停地跟大家碰杯,自己每次只是抿一小口,她不停地笑,粉红的牙龈都暴露在外。

因为啤酒,朱白中途去了趟烧烤摊旁商场内的公厕。让他更为吃惊的是,他发现自己在公厕内无耻地勃起了,怎么也尿不出来。他想通过深呼吸公厕内的空气来将它压下去。当然,时代变了,公厕没那么臭了,况且该公厕隶属于商场,清新空气得力于尿池内的成堆冰块,得力于缭绕的盘香,更得力于戴着护袖、穿着清洁工工服、手执拖把不时进来的保洁阿姨的辛勤劳动。这一切可能是朱白深呼吸公厕内的空气仍然无济于事的原因。为了不让其他人发现自己这一特殊状况,朱白不得不找了一个隔间进去,并关上了门。

面对大便坑,朱白很快就意识到,就这么晾着勃起的老二,听凭其自然消肿的可能性越来越小。是必须果断采取一些行动的时候了。

其间有两次女声,都是外面那个四十多岁的保洁阿姨(其实朱白也差不多快这岁数了)的呼喊:"有人吗?有人吗?"第一次,朱白还幽默了一把,没好气地用粗壮的男中音高声回答:"没人!"第二次,他就懒得吱声了。保洁阿姨见无人声,也便从容进来,职业地用拖把将小便器下方地面上的尿迹和脚印擦去。不过,让她始料不及的是,一个隔间里发出了"嗯嗯"的呻吟声。"一个享受拉屎的人!"年轻时可能爱好过诗歌的保洁阿姨只能如此告慰自己。

回家后,韩丽不出所料,问到了刘晓华。朱白的脸再次红了红。他这次没有说真话，告诉韩丽，刘晓华确实是个骚货，确实跟那个癌症死掉的球友有不正当男女关系。而且因为癌症球友已死，刘晓华再也没有出现过了，恐怕以后也不会来了。为了证明这一点，朱白还摊开手机让韩丽看。刘晓华确实不知何时已经从俱乐部微信群里退出了。韩丽显然不会对这个说法表示质疑，相反还很乐意接受，刘晓华果然在她的意料之中。她像平时一样要求丈夫抱着自己（或自己抱着丈夫）沉沉睡去。但每次当她醒来的时候，都发现自己和丈夫并没有相拥而眠。股肱相枕并非舒服的睡眠姿势，况且天太热了，这也是空调解决不了的问题。和往常不同的是，朱白没有睡觉，而是靠在靠枕上。窗外的灯光照在他的脸上，两只眼睛格外明亮。

"怎么回事？"韩丽说。

"没事。"

"那为什么还不睡？"

"我在想我小时候的事。"

韩丽笑了："还是写暑假作业那档子事吗？"

"是，"朱白痛苦地皱了皱眉头，又否认，"不是。"

"到底是什么嘛！"

"Shit，其实都是假的，我根本从来就不爱学习。我只是想赶紧写完作业去玩。去偷人家的葡萄，或者在下大雨的时候带着网兜到稻田灌溉渠里去捞鱼虾。你还记得我跟你说中考前一年暑假吗？对，我就是中考结束后那一年离开农村的。对，那一年淹死了个人。Fuck。是一个跟我一样大的小孩。大人们把他捞了上来，放在阴凉地里，后来就是抬到他家里，把他放在凉床上。傍晚的时候，他们才开始帮他擦身体，换一身干净衣服。裤衩脱掉后，Shit，我看到他跟我一样，当时已经长出了几根毛。细细的，软软的，好像也黄黄的。后来还要帮他翻身，所以我看到了他背上有很多印子，凉床的印子，就跟你右边脸上枕席的印子一样清楚。Fuck，你这是格子形的，他那是一条一条的。"

这件事到底有没有意义

去的时候我是打车，回来，我决定坐公交。

公交车一直没来，我想这也挺正常。它总会来的，在它该来的时候。然后有辆出租车停在我的脚前，真的是脚前。如果它再靠近点，应该会停在我脚背上。多亏司机技术还不错。我往后退了两步，一个三十来岁的胖女的从车上下来了。很胖。是那种在同事同学关系中，会很容易被其他人叫作"胖子"的胖。我们姑且称之为胖子吧。

胖子还穿着高跟鞋，我估计有八到十厘米。因为胖，这使她站在街上显得岌岌可危，与电影中站在高楼边缘相似。这个比喻也表明她穿上高跟鞋后确实挺高的，应该有一米七的样子。然后是黑丝大腿，兜裆的裤裙，内裤，胸罩，吊带衫和一个小披肩。至于内裤和胸罩，我当然不可能看到，但我坚信它们的存在。我注意到人们在外貌描写中从来不写内衣，现在我算开了个好头，并规劝大家，从今以后，请写。

至于她的脸，我简直吓了一跳。因为她太像我一个小学同学的妈妈了。二十多年前，或者更早，我家穷得连个电视也没有。

所以每天晚饭后我都会去我这个同学家看电视。他和他的妈妈以及爸爸躺在床上看，我则端个板凳坐在地上看。那年头的电视没有遥控器。他们说换台，我就换台。只有他们下床到床侧帘子后的粪桶里撒尿的时候，才不经我的同意就自己动手换台。更多时候，他们忘了看电视，就这么躺在床上睡着了。而我仍然坐在凳子上聚精会神地看电视。最后，我会替他们把电视关上，走夜路回家。在回家的路上，我总是很满足地告诉自己，今天过得真充实。但是有一天，我同学的妈妈大概被尿胀醒了，迷迷糊糊地爬起来。隔着帘子，她居然开口说话了，问我：今天是星期几？我说星期三。她点点头，又爬上了床。这件事情我没对任何人讲过，包括我最亲爱的人。因为我吃不准这件事情到底有没有意义，或者有什么玄妙之处？说，还是不说，这是一个问题。现在我告诉你们了，希望大家就此事探讨一下，尽快达成一项共识。

说回到胖子。我之所以能够这么细致地观察她，是因为她一直盯着我。我说，我们认识吗？她笑了笑，说不。然后她就开始在车站站台上走来走去。并开始像对我说话那样自言自语：啊，刚吃过晚饭，出来散散心，看看这个城市的夜景，随便坐一辆公交车，想在哪儿下就在哪儿下（大意）。因为她像在对我说话，所以我也不免像质疑她那样自言自语起来：还夜景，这个破地方有什么夜景呢。她听到我的话，然后继续一边前后晃动膀子一边自言自语道：夜景，就是夜里的景色嘛。不得不承认，她说得挺对，所以我没再说话。可能她觉得我不说话不好，所以她问我在这里坐车能到什么地方。我说，那边有站牌，你自己看。她确实去看了，托着腮帮子。然后我等的车在它该出现的时候真的出现了，我上车，找座位，车比较空。我坐下。就是这样。

聪明如你当然猜到她也上了这辆车，而且也在我身边坐下了。其实这并不是聪明，只是一种思维惯性，也包括某种希望。本质上是一种庸俗和愚蠢。

我当然感到震惊，但我怕被其他乘客认为我跟她认识，所以我压低声音，说，你什么意思？胖子仍然微笑着，说，什么什么意思，坐车啊。我说，你为什么跟着我坐车？她调侃似的反问，这车是你家的？不是，我说，你不要开这种低级玩笑，请问你到底想怎样？她把脑袋侧到与我的脑袋越远越好的地方，然后斜着眼睛看着我说，你这个人是不是有病？我想我应该换个座位，然后真这么干了。后面座位多的是。她只是回头看着我在新座位上落座，很不屑地一笑，就掉回了脑袋，没再跟来。

她确实在看窗外夜里的景色。某些吸引她的景色被公交车甩到后面时，她还掉回脑袋看。我担心此举是她借机观察我。所以我在车窗玻璃上也便不时能够看到自己或低头或侧头的傻样，怎么说呢，说成"搔首弄姿"挺合适的。好在她没有看我，否则我不怀疑自己会中途下车。

我又想到了我小学同学的妈妈。她后来死了，被一辆桑塔纳撞死了。肇事者赔了她儿子也就是我同学三十万，这三十万让我的同学重新盖了房子，并且娶了老婆。但是我的同学并不知道很多年前他的妈妈在半夜爬起来撒尿的时候曾经问过我今天是星期几的问题。这到底是什么意思？或者说，上天在很多年后派来一个跟我小学同学妈妈很像的胖子就是为了把这个问题重新提出来？不，不可能这么巧，不应该是这样。

所以我想，这个胖子她可能是个"鸡"，被洗头房足疗城夜总会KTV洗浴中心赶出来或拒之门外的"鸡"，"野鸡"。据说也叫流莺。她们可以讨价还价，可以找个没人的地方野合。肯定是这样，我就像有了重大发现并掌握了充足论据那样笃定。不过，出乎我意料的是，这个判断不仅没有让我释然，反而让我陷入了更大的问题。那就是，如果真是这样，她盯上我，是否表明她捏准了我是一个性生活匮乏且没有上她之外的能力的家伙？

如果不是后来在地铁站附近上来很多乘客，我肯定会返回之前的座位问问她：你到底是不是"鸡"？人太多了，多到挡住了我的视线，也就是说，我看不到她的后背了。所以我站了起来，打算把座位让给一个满头白发的家伙，但这个家伙摁住了我。他的表情并不友好，我想他对我将他归为老弱病残显然是很不高兴的。我站起来两次都被他死死摁住了。是，我承认他并不弱，有摁在我肩膀上强劲有力的手为证。但我的目的显然不是让座，那个胖子已经眼睁睁地在我面前经过，下了车，并且车再次启动了。透过车窗，我看到她并没有走远，而是又在站牌前托起了腮帮子。我想我如果能够大喊大叫，司机或许会刹车开门让我滚下去。所以我第三次站起，那个满头白发的家伙再次将手伸向我的时候，我简直咆哮了起来：我要下车行不行？说着我还感受到有两道热泪在我的脸上滑动。

垃　圾

是这样的，大概一年以前，月光保险公司产品经理张亮先生如约到一户人家去推销保险。和往常一样，张亮在这户人家宽敞明亮的客厅唾沫四溅地讲了两个钟头，其间还喝了人家三杯（一次性纸杯）白开水，上了一趟人家的卫生间（没有发现年轻女主人的内衣）。有那么一两次吧，巧舌如簧的张亮差点把人家心思说活了（他自认为），可惜最后人家还是表示自己是有单位编制的人，医疗养老都有保障，也就是拒绝了。当然了，这些有文化有教养的人士不会以下逐客令的武断方式请张亮滚出他们的家，而是表示需要和其他不在场的家庭成员商量商量再给予答复。张亮显然已不是第一次遇到此类婉拒。出于报复，他提出自己能否在出门之前再使用一下他们的卫生间（张亮个人的传统）。如果这也遭到婉拒，经验丰富的张亮会描绘一番公厕距离此处的长度及自己不可能达到的速度，让文化和教养使主人无法拒绝。

这次张亮更为细致地观察了一番这个一尘不染、香气扑鼻的（与沐浴露洗发水之类有关）卫生间，然后有了两点发现：第一，浴巾的存在让他愤怒，因为张亮只有毛巾，洗脸洗澡洗屁股洗脚，偶尔还兼职抹布。不过愤怒很快就被幸灾乐祸、暗藏肺腑的狞笑及淫笑所取代。这就是他的第二个发现：一瓶矮小的洁尔阴躲躲闪闪地藏在洗发水沐浴露等高大身躯之后。那些被病菌、腐烂和恶臭所困扰的生殖器官立即在张亮的脑海里挥之不去，然后顺理成章地充斥于宽敞明亮和文化教养之中。不知是因为张亮出了卫生间时的视人如生殖器官的得意神色让主家发现了什么感到不快也想报复，还是人家本就作此打算。在张亮穿好鞋跨出门槛之际，主家递来一个沉重的垃圾袋，满脸歉意地征询前者：能帮我把这袋垃圾带下楼扔了吗？

没问题，张亮为了表现自己是一个自从幼儿园开始就学习雷锋的家伙，很爽快地接过了垃圾袋，并且为了表现某种与年轻和力量相关的东西，还挺了挺腰，甩了甩胳膊。然后在主家翘起一条腿（门口有一个摆放入门脏鞋的垫子，他们不忍用干净的室内拖鞋的鞋底践踏之）扶着门框、半开着门的目送下，蹬蹬蹬下楼去了。

不过，也可能是这样的：张亮愣了一下，然后腾地红了脸，用决绝的下楼动作表示，我是保险推销人员，不是倒垃圾的，我是有自尊的。或者直接用语言表示了自己遭到冒犯的愤怒，对不起，这不是我的工作。

总之，无论如何，张亮的下楼声还是蹬蹬蹬。这既是下楼的既定声响，也可以理解为与张亮的体重和下楼方式有关。不赘述。

不过，我们不知道张亮有没有帮那户人家倒垃圾，这是他留给我们的一个悬念。对于张亮这种人，大家都不陌生。他们最大的共同点就是喜欢卖关子，认为这样才叫幽默和有趣，才能在所谓的朋友中获得发言权、神秘性及优越感。值得一提的是，这件事似乎成了张亮的人生拐点，也就是说，此后，他的人生发生了重大变故。

首先，他的父亲死了。在父亲死之前，他的母亲死得更早。也就是说，作为独生子女，张亮一下子成了孤儿。多么可怜啊。但这只是一方面，另一方面却好多了。张亮终于可以搬回家来住了，一套面积不大，但足够敞亮的两居室就像传说中的海外遗产一样陡然归其所有。这么说在于几年以来，张亮父子关系恶劣。这些年来，张父对儿子的读书和工作状况一直很不满意，最初的打骂变成争吵（打不过儿子了）之后，在父亲眼中，张亮完全是变本加厉地气他。彻夜不归啦，狐朋狗友啦，朝三暮四啦（张亮带回过五个以上不同的女孩）。

有一天，张亮的某位女朋友在鸡叫头遍之际（假设在乡下），睡眼惺忪地爬起来去上厕所，然后睡眼惺忪地走错了房间，一下子钻进了父亲的被窝。要知道，现在的姑娘热衷于裸睡，也就是说，只有在下地走动才拿来用以裹身的睡衣在进入被窝之前被抛开之后，紧贴住张父苍老脊背的是一个充满弹性的异性肉体。张父的错误在于，当他想像一个被侵犯的女人那样尖叫着爬起来以一位长辈的口吻怒斥这个尴尬的场景的时候，多年丧妻的经历让他又假装闭上了眼睛。

当然没有发生什么。他只是一动不动。张父不可能对这个走错门的姑娘干下不伦之事。他还有没有性能力？也一直是张亮诸位朋友就此争论不休的话题。我们亲爱的父亲或许只是想享受一下这个场景，然后享受得差不多了，理智战胜享受之后，再假装醒来展开尖叫和怒斥。可惜他低估了年轻人的嗅觉和触觉。在骨骼上悬垂的肌肤，老年人被窝里所特有的气味，让那个姑娘于睡梦中渐次感到不适，然后醒来，然后发出本来属于张父的尖叫。

张父坚称自己并不知情，表示都不知道有人进了他的被窝。但这一说辞的虚弱是不堪一击的。老年人睡眠的浅薄是一个常识问题，何况张父这种丧妻多年，退休在家，对社会对儿子什么都看不顺眼的老头。

平时我夜里两三点回来灯不开蹑手蹑脚去我房间睡觉都能被你逮个正着你还想狡辩？

按理说，张亮本也不该如此愤怒。他换了那么多女朋友，换掉这个走错门的也在必然之中（事后正如此）。此外，他曾多次表示，父子关系如此恶劣，自己不合老头子的意算个原因，但父亲是个男人，多年丧妻导致的阴阳不调难道就不是问题？他甚至还曾在饭桌上向父亲提出友善的建议，表示自己不介意父亲再找个老伴。以至于他还戳破了父亲那点秘而不宣却昭然若揭的小心思。

每周来咱们家打扫卫生的王嫂不是挺好吗？

王嫂是家政公司的钟点工，外地人，四十来岁，寡妇，儿子在读大学。健壮，大脸盘子，没有乡下人的干瘪和黝黑。每次到来，张父"家里可好"之类的嘘寒问暖自不必提，他还追随她干活的肥臀，像一个下手那样帮她递东递西。此外，还曾坐在沙发一侧展开自己早年获得的各种荣誉证书、家庭影集，然后拍拍身边的空位，邀请王嫂将肥臀放上去共同欣赏。

可惜张亮提及王嫂，王嫂就再也没有出现。朋友们认为，张父或许仅仅满足于追随王嫂的肥臀，到此为止或者水到渠成，都在于张父。做儿子的，出于一片好意横着插入，反而不美，实为破坏之举。如果说父亲对儿子的不满演变为痛恨，很难说，与此无关。包括姑娘进错门，老头一声不吱也可能是报复。换言之，王嫂事件即已埋下父子反目的祸根，姑娘进错门算是大爆发。张亮摔门而出，从此不再踏进家门一步也便是罪有应得了。

作为朋友，我们都没有去过张亮的新家或故居（都成立）。其父在世时，我们当然不可能去。现在房子属于张亮了，我们也没去过。这就是张亮的另一人生变故，即和朋友们一刀两断。

和朋友断绝来往，这算不上伤害朋友，起码在我们看来如此。作为朋友的前提是，允许朋友们选择和自己还做不做朋友。这可能有点儿绕，不过事实就是这样。换言之，我们并不缺少张亮这样的朋友。他遍布我们人生的每一个角落。或者说，我们并不缺少朋友，不需要朋友。我们在世界上活着，那么多人跟我们同时活着，我们仍然感到孤独。孤独的问题不是有了朋友就能解决的。同理，再生六十亿人或杀光所有的人，都不能改变这一点。

还是说说张亮。他结婚了。

他的老婆叫李芫。我一说出名字，大家可能就笑。因为读过我小说的人都知道，李芫是个我们通常所说的骚货，因为她和大家都睡过。就这个朋友圈来论资排辈的话，李锋是开山鼻祖大师兄。李锋提出分手的时候告诉李芫，我俩都姓李，不好吧？真是畜生。然后李芫也做过王奎和张德贵的女朋友。至于其他人，因为在我小说里不常见,我就不说了。这么说吧,她是我们大家的女朋友(不把"女朋友"这一词堕落到爱情里去的话)。有时候我们这群人之所以长期坐在一起吃吃喝喝纠缠不清,很容易让人产生如下认识:他们的关系是性器交叉的关系,李芫是他们之间颠扑不破的友谊的最牢固最有韧性的纽带。李锋、王奎和张德贵显然不会认可这种说法,但叫他们拿出反驳的论据,看来也实属多余。懒得搭理你,你爱怎么看就怎么看吧。

不过,我需要提请大家注意的是,和李芫结婚并非张亮和朋友断绝来往的原因。如果他嫌弃李芫和我们的先他存在的性关系,他当初就不会带着李芫在我们面前出双入对。更不会和后者结婚。从某种意义上来说,当李芫打电话挨个告诉我们她要结婚了而且结婚对象是张亮时,我们都很高兴,并对张亮肃然起敬。张亮才是我们经常提到的并且表达过叶公好龙式崇拜的脱离低级趣味的人。虽然结婚的喜讯不是来自张亮,虽然张亮不再和我们来往,虽然我们并不介意不来往,但他的情况我们了如指掌。李芫仍然是我们的朋友,后来有许多事情都靠我们帮忙,大家也都帮了,这放到后面再说。

他们的婚礼并不低调,除了我们之外,所有相关亲友全部到场。九宫大酒店二楼全层包场,四十八桌,酒仅次于茅台,烟有中华。当当当,婚礼进行曲中,李芫的爸爸西装革履地将李芫交到同样西装革履的张亮手中。互戴婚戒,接吻,彩条气球到处喷舞,童男童女们拍手欢呼,与此同时,酒店门外鞭炮齐鸣。事实上和张亮住在一个小区的王奎也经过了他们的婚礼现场,只是此类加长林肯车一向与王奎没什么关系,而且屡见不鲜,他根本就没在意。

对于李芫来说,她从来没有想过自己会结婚。但当张亮提出结婚的时候,她也没觉得自己遭到了冒犯和侮辱。恶俗的宏大婚礼场景也不是她喜欢的东西,亲身经历后,她也不觉得有什么不对。如果说心里话的话,李芫说,这些让人厌烦疲惫的婚前准备和婚礼本身倒确实让我觉得在自己身上发生了大事。什么叫终身大事?这就是。李芫也没有掩饰另外一个重要因素,她在婚前就怀孕了。数次堕胎经历让她有点麻木,没有像初次那样惊恐,没有急着跑到医院去。她本打算等自己哪天有空就叫张亮陪自己去趟医院做掉算了。没想到张亮说,我们可以结婚。

我实在找不出不答应的理由,张亮挺好的,不是吗?对此我们没有异议。也就是说,他们婚后的生活就是学习做一个称职孕妇和学习如何侍奉孕妇的过程。这比仅仅是一对新人面面相觑要和谐得多,似乎更接近婚姻的本质。否则我还真不知道怎么跟张亮相处呢,李芫说。

然后就是另外一个重大变故,张亮死了。死得也很正常,车祸。据统计,我国每年车祸死亡人数已经突破了10万,张亮作为其中一员,谈不上幸运,也谈不上十分遗憾。不定哪天我们也遭此厄运呢,你说是吧?鉴于车祸的血腥,我就不复述张亮是如何死的了。都差不多。

我们这些被张亮列入黑名单的朋友在张亮死后纷纷出现,在他的葬礼上,在他的家里。真够我们忙的,把张亮安排在他父亲旁边之后,我们就迎来了李芫的分娩。活跃程度仿佛是在办自己的丧事和喜事，尤其是王奎和张德贵的新女友，她们出于同情或者别的，几乎是轮番住宿在李芫家。可谓和衣而睡，一有风吹草动，就爬起来替李芫操持这样那样的。可以预想的未来是，李芫这对孤儿寡母会成为我们这拨朋友终生的朋友，就算李芫本来就是我们的朋友，但我们更愿意以张亮的名义。如果不是李芫反对，我们非常希望给张亮未曾谋面的儿子继续冠以"张亮"的姓名。

好了，现在唯一的问题还是最初的问题。一年以前，张亮到底有没有帮那户人家倒垃圾，到底有没有接过那个沉重的黑色垃圾袋？我们和张亮最后的接触就是他告诉过我们这个段子后再也没有来往，之所以誉之为张亮人生的"拐点"也正因此。

婚后，李芫从来没有听张亮说过，所以她一无所知，并且表示我们神经兮兮有点过分。王奎甚至还曾计划前往月光保险公司查找客户名单，希望找到一年前张亮某月某日登门的那户人家。他这建议一出，刚开始大家纷纷表示支持，热情高涨，稍后就彼此嘲笑挖苦起来。至于吗？是的，不至于，完全没必要。

那么，最后这项重担只能落在我的肩上。作为张亮的朋友和这篇小说的作者，我是这么想的——

能帮我把这袋垃圾带下楼扔了吗？女主人满脸堆笑地询问张亮，可以看得出来，她也对自己这个要求感到有点不好意思。但这确实也就是顺手之劳，完全构不成负担，连劳动都算不上。

好好，没问题。不好意思这种情绪也从女主人那传染给了张亮，与垃圾袋经由她手到了他手上一样。他禁不住脸红了。

她可能长得不错，青年时代只能比李芫漂亮而非相反。就算人到中年，甚至还需要洁尔阴这样的东西维持自己和丈夫的清洁及性欲，也仍然温婉动人。与此同时，张亮也顺着她眼角的鱼尾纹看到了她目光中的疲惫。这一疲惫表面上判断是张亮两个小时的唾沫四溅造成的，而本质上应该是一个人活在这个世上少不了的东西。

就在她关上门的时候，张亮像早已死掉却必须看着这些活人还在徒劳地活着那样深感悲痛，不禁潸然泪下。

拎着垃圾袋下了楼之后，张亮打开了那个塑料袋。他看到了自己难逃一死的命运。

在杭州

1408，1408……他嘴里念叨着房间号，在走廊里找。她则事不关己似的跟着。

超乎之前的经验，这是一家结构颇为复杂的酒店，曲折，七拐八拐，所以房间并不好找。但这不影响他们最后找到。具体而言，是她找到的。

笨蛋，这边！她说。他掉头一看，确实在自己刚刚走过的一个角落，烫金门牌，1408，数字是黑的。

开门他也显得手忙脚乱。房卡插进去听见响，但不闪绿灯。掉过来！她说。他笨拙地照办，结果房卡还掉到地上了。地面是厚厚的走廊地毯，没有声音。房卡在地面翻了两个跟头，躺在了他身后，但就在她的眼皮子底下。见他撅着臀找房卡的样子像极了一个老头，她苦笑一下，捡起来自己去开门。她很流畅地就打开了门，先进去了，这让他愣了一下，也进去了。

她没有打量房间，一屁股坐在了原本无比洁白整齐的床上。床很软，否则她不可能那么深陷。在她的臀部四周（因为腿在床侧的悬垂，具体是三面），床像一张突然老掉的脸那样出现了很多皱纹。他则审视了一番整个房间，和所有的宾馆房间没什么区别。如果说有，就是需要额外付费的托盘里那两枚避孕套上标价二十，其他如方便面、碳酸饮料，所有的都是二十。这比较特别。他还到落地窗前将纱帘拉开朝外面看了看。他看到对面是一栋可能在对面看过来与这边一模一样的楼。两栋楼之间有一棵没多少树叶的树，一个戴着白色高帽子的厨师正靠在树上抽烟。

你不洗？她说着已经开始脱衣服。直到只穿着胸罩和内裤。她如此直奔主题，让他略微感到惊奇。但也没多想。这终归是他们的主题。

他赶紧重新将纱帘拉好，但并没有拉厚帘。表示想要一起洗。她未置可否，自己先进了卫生间。然后是放水的声音。他迅速脱掉长裤和外衣，在决定是否脱内裤的时候，他想了想，没脱。不过就在他准备穿着内裤进卫生间的时候，手机响了。

来电显示是阿姨。他决定接。不过在接电话前，他拿着手机先到卫生间门前对着她指了指正在响的手机（水还在放，但她没洗，而是仍然穿着胸罩像发呆一样坐在马桶上，坐姿使她腹部叠起了数层皮肉），然后替她关上卫生间的门。

阿姨啊，有什么事吗？他选择刚才她坐过的地方坐在了床上，问。

没什么事。你在南京吗？阿姨说。

不在。在杭州。怎么了？

那王倩是不在你旁边咯？

当然。出差怎么能带老婆呢。

这个答案似乎使阿姨很满意似的,电话那头一阵松弛下来的声音。这让他后悔,后悔说自己在杭州。因为这意味着电话不会短。应该说自己在南京,而且在家,王倩就在客厅沙发上坐着。

阿姨和叔叔有个女儿,但在国外,他作为侄子有充当儿子的义务。大概因此,王倩和阿姨的关系不是那么融洽。她们不是婆媳,但关系类似。

过了好一会儿,阿姨才进入正题:你叔叔可能疯了。

没有吧,他赶紧安慰道,他又怎么了?

也没什么,阿姨说,就是他又跟那个老李怄气了,今天早上还在怄气。我就说了,那你何必再去呢,叫他今天别去了,结果又去了,到现在也没有回来,电话也不接。

老年人嘛,正常,他说,叔叔一直这样啊,喜欢生气,难道他现在不生芸芸的气了?

不是,跟生芸芸的气不一样。生芸芸气是假的,上次她回国的时候,哪里看到他有什么气?老李这个真不一样。

怎么不一样?是老李抢了叔叔的生意?

看样子还不止这个。

那又是什么?

我说不上来,阿姨说,哎,对了,你什么时候回来?

明天。

要不你明晚来我家吃饭吧,晚上陪你叔叔喝两杯,你劝劝他——王倩,你也叫王倩来。来不来?

不了不了,他赶紧说,明天回南京估计也很晚了,而且肯定很累。

累个屁，我看你叔叔都这把年纪了天天在那站着也没说累。

这时候她已经裹着浴巾从卫生间出来了。她洗得很快。当然，也用不着慢慢洗。她掀开被子的时候，他才意识到自己早已因为光着身子冷钻进了被子在跟阿姨打电话。

你那有别人？看来阿姨在那一头听到了一些动静。

同事，标准间。

阿姨哦了一声，说，影响你说话？

也不是很影响，他说，可能要去和客户吃饭了吧。

那我不耽误你工作。还是那个事，你，你们明天晚上来不来吃饭？

哎呀，阿姨，我现在不好说啊。明天，明天再说吧。

什么再说，阿姨对他这个说法很不高兴，是不是她不愿意来？她不愿意来你来就是。

很明显，阿姨误解了。他也不知道阿姨何以对王倩有这么大的成见。基于夫妻之情或者别的，他赶紧否认。并为此感到厌烦。然后说，好好，明天，明天来明天来行了吧阿姨？

那说好了，一定来哦。

说好了说好了。我去吃饭了，挂了。

你阿姨？她在被窝里将大腿搭在他的腿上，但可能自己的大腿刚刚洗过，过于光洁，所以他的大腿不免太黏，她又抽了回去。

是，你见过的。

是那个特别哆特别啰唆的小学老师？

退休了。别这么说我阿姨啊。说着他将自己的腿伸进她两条腿间。

两年前,他和王倩结婚时,阿姨比自己妈妈还兴奋,对任何事都大包大揽指三道四。而被窝里的她,当时作为王倩的伴娘,因穿得太过随意,曾被阿姨要求穿后者在课堂上穿的一套女士西装。她当然没有理睬这个在她看来因为教了一辈子小学上了年纪仍是幼儿园阿姨腔调的老女人的话。婚礼后不久,他的阿姨确实提到过这一茬,说王倩找到的伴娘都那么狂。这一点,他当然也告诉过她。但奇怪的是,他从来没有和王倩说过。

她将他推开,叫他去洗澡。他觍着脸说,以前也不是每次都洗吧。

她说,因为我洗了。

这确实是个问题。他只好去快速地洗了洗自己,然后像冬泳过后的人那样光着身子啊啊啊地叫着钻进了被窝。被窝因此格外温暖。这让他感到愉快,整个过程也是。

对了,事后她又问了一遍,你怎么跟王倩说的?

我说我去杭州啊,怎么了?

哦,她沉默了良久。才说,对,在杭州,连你阿姨都知道你在杭州。你们公司怎么老是去杭州?

那边业务多。

说得我都想去杭州了。我还没去过呢。

不会吧?他说,你不是开玩笑?

真没去过。

那下次,你从单位请假一起去?真的去。

她嗯了一下。

好一会儿，她问，王倩真的一点也不知道吗？

什么？

你知道我说什么。

她不可能知道啊，你就别担心了。

你以为我是担心？

我知道我知道，他愧疚地从枕头下搂过她的脑袋，放在自己胳膊和胸脯之间。除此之外，他好像确实也没有任何能做的。

他们就这样小睡了一会儿，后来他被饿醒了。他提议出门到酒店饭厅里吃点什么，她则表示她不想动。他认为她还在睡，所以醒着的他也不便开灯开电视。他摸出手机，有几条微信，是远在美国的堂妹芸芸发来的。

芸芸说：我在美国上网都能看到游客发的我爸照片，不错不错，很帅。然后是一些游客上传到网络继而由芸芸下载的照片。在这些照片中，他的叔叔剃了光头、穿着一袭黑色长衫、戴着白手套的双手合拄一根拐杖笔直地站在那里和一些手指作V的男女老少合影，在他们的身后则是总统府的大门。不过在他看来，叔叔过于严肃，加上他脸上头上擦了点油，使他看起来更像蜡像而非活人。

你觉得你叔叔像蒋介石吗？黑暗中，她突然发问。

不算像吧。他也实话实说。

挣到多少钱了吗？

说是合影十块，我也不知道，他说，我叔叔退休了没事干，也不是为了挣钱，他只是不愿意天天待在家里。

为什么？下棋打牌，老头不都这样嘛。是不是也嫌你阿姨烦人？

应该不是吧，我也听说的，我叔叔年轻时候还挺风流的，参加过宣传队，会唱戏，也演过话剧。

演蒋介石？

那怎么可能，怎么也得杨子荣吧，他说，其实我也不知道。

是不是当时很多女的都喜欢他？

是，我阿姨就是其中之一啊。

怎么没一直演下去？

不可能，业余的。后来就是在工厂里上班啊，和我阿姨结婚生孩子，普通人的生活。

嘿嘿，她不怀好意地问，那现在会有女的喜欢他吗？

喊，都老头了，还能怎样。

我有次从总统府那路过，她说，你叔叔看到了我，而且盯着我不放，还笑，把我吓坏了。

哦，他应该不记得你了。他那表情估计是想挣你十块钱。

幸好不记得，否则我会很尴尬的。

为什么？

说不上来。

她也饿了。二人出房间去吃饭。

他还问了服务员饭厅在什么地方，但她却并没有随他去宾馆的饭厅，而是径直穿过大堂从旋转门那出去了。

这是以前没有发生过的。他们一直谨慎，不希望被人认出来。他没有办法，只好紧随其后。他们在街上一前一后地走着。他不担心王倩在南京街头巧遇自己已到杭州出差的丈夫，她也没有表示二人必须并肩而行。然后她进了一家小馆子，他也跟进。

他看得出来她有别于以往的隐秘情绪，但他同时又觉得自己无能为力。饭桌上，她埋头吃饭。为了使吃饭不像吃屎，他只好继续刚才的话题。

你知道我的叔叔最近遇到什么问题了吗？他假装神秘地问。

我怎么知道！

就是之前在房间我阿姨给我打电话说的事。

别卖关子了，说吧。

是这样的，他放下筷子，并快速将嘴中的食物咀嚼下咽，说，我叔叔他们楼下有个看车棚的老头，叫老李，是湖南什么农村的，六十多岁，听说儿女不孝，就带着老太婆到南京来打工。年纪大能打什么工呢？有认识的介绍这对老夫妻到我叔叔他们小区看车棚，顺便维护小区卫生什么的吧。总之我见过，你还别说，老李虽然年纪不小，家庭生活也就那样，人倒是五大三粗满面红光的。这可能与他每天傍晚喝几两小酒有关。他就坐在车棚里喝酒，一张方凳当桌子，两个黑乎乎的搪瓷盆子，不知道什么菜，酒也就老村长之类吧……

她有点不耐烦地打断他：你到底要说什么？

哎呀，别急，你听我慢慢说嘛。他似乎被自己说得有点高兴，抿了口茶继续说道，我叔叔在总统府扮蒋介石的事，这是所有人都知道的吧。连电视台都采访过呢。这个看车棚的老李就是在电视上看到的。他就找我叔叔问,合影一个人十块钱,一天能挣多少?我叔叔这种人你是知道的,哦不,你不知道,哦不,你也知道,就是从来不说屁话。他告诉老李,怎么的一天也能挣个五六百吧。老李听了很羡慕很敬佩,这就不说了。

还是别说了吧,她说,我怎么突然觉得你这么啰唆?简直和你阿姨一样。

好好好,他说,我马上就说重点。

怎么回事呢?他又自问自答起来,说,这个老李听说我叔叔扮蒋介石每天能挣五六百,所以前不久有一天,我叔叔再去总统府门前的时候看到了一个"毛泽东"。明白了吗?就是老李也在扮!

啊,她似乎饶有兴味了起来,原来这样啊。

刚开始他俩还不错,并排站在一起让游客拍照。但很快就出现了问题,你知道什么问题吗?

我叔叔,你知道的,只能说点早年参加宣传队时学的一点半生不熟的普通话。浙江话完全不懂。就有过浙江的游客试图用家乡话跟他聊点什么啊,结果一张口,我叔叔那口南京话败了人家的兴,临走都是一副上当受骗的表情。还有,那就是我觉得我叔叔认为自己是拾起了早年的专业,是延续自己的青春,这是一件让他感到光荣的事情。而老李这个农民工只为了挣钱,还是个大字不识几个的文盲。这让我叔叔为与老李是一路货色感到羞耻。所以他们后来不再一起跟游客合影,他也不再理老李。他简直要气炸了。他甚至觉得这个世界上的人都很愚昧都很蠢,没有教养。总之,他的感觉糟透了,他快要疯了。

即便有这么精彩的一个故事，饭后，她也没有和他一起回酒店。她很平静地表示自己要回家，也看不出来她有任何要发作的内容。她只是故作风趣地引用他的话说，她现在的感觉也糟透了，也快要疯了。这么一说，他也不便强留，只好听凭她走掉。这种情况虽然在以前也发生过，不过他未卜先知地认为，这次好像有点不一样，自己应该主动一点，比如冒着被熟人看到的风险打个车送她回家。但他没有。

而他必须返回酒店，因为他还在杭州，不可能突然返回，王倩毕竟没有电召，家中一切照旧。沙发上躺着玩手机玩平板电脑的人，电视也开着，而阳台上的什么花正在开或者正在谢。就算此时他的叔叔因为怄气在总统府前跟老李打了起来，他大概也不可能连夜赶回。不仅地图，南京和杭州的实际车程也要两三百公里，今晚，他确定是回不去了。

他也不打算这么早就回宾馆睡觉。

只见他孤身一人徜徉于西子湖畔岳王庙前，明月一轮，清风拂袖。也好也好。

朕好伤心

不喜欢中午喝酒，尤其是白酒。所以喝完后，我很不舒服。在地铁上，我忍着没吐。下地铁后，我直接冲进了公厕。

就像他们商量好了一样，坑上蹲满了拉屎的人。

总不能吐在地上吧，也不能吐在小便器里。此外，我也不便转身离开，旁边有个正在撒尿的家伙被我进厕所时的匆匆神色所吸引，一直看着我。我只好在他旁边的小便器前掏出家伙。存货不多，我很费劲才挤出一小股，颜色金黄。旁边那个家伙则持续到我抖完还在源源不断。他甚至还得意地舞动身体对小便器上上下下展开没有死角的冲洗，连口沿上一根不知何人的阴毛都没有放过。他一定觉得我是一个膀胱窄小之辈，甚至还有尿频尿不尽的症候。

去他的，这不重要，重要的是我还想到这样一个问题：如果吐也算排泄的话（难道不是？），在厕所吐是确实再合适不过的。电影中的醉鬼不都是抱住自家的马桶在吐吗？不过，现在没人会给我递来这样一个马桶。区别是，占满蹲坑的人是用肛门排泄，吐则是用嘴。如果我耐着性子等待一个蹲坑的出现，而提裤子走掉的家伙并没有冲掉自己的屎,我是不是要帮他冲掉?或者我直接将自己那摊酒液、食物和胃酸的混合物用嘴吐在他用肛门拉出的屎上?天哪,我走出了公厕。

与上述想象有关,外面空气不错。如果不出意外的话,十分钟后我就可以躺在自己的床上。当然,我的床并不比任何一张床值得我留恋。

我尽量专注走路,没有关心沿街两侧的那些店铺有什么新情况。我踩死了一个刚从龙虾店塑料大澡盆里爬出来的龙虾,我甚至还从一个跌倒在地没人扶的老太婆身上跨了过去。只是在烟酒店,我买了包烟和一瓶水。老板在用电脑看电视剧。当然,电脑显示器背对着我,我不知道他看的是什么,我听到里面有个男的说:"朕好伤心。"

在街心公园附近,我感到自己有点支撑不住。所以我找了块石头坐了下来,以便和不远处那群在回廊里下棋打牌的老头区别开来。他们有退休金,有吃有喝,有儿有女,暂且还不会死。他们应该是刚从午睡中爬起来的人,精力很充沛,嬉笑叫喊都底气十足。有两个穿背心运动裤的家伙还攀着回廊横梁在玩引体向上,一个两个多少个,再纵身跳下,拍一拍手掌上可能存在的灰尘,很响。

喝完瓶里的水,我就走。这个意识很明确。

喝酒了?一个声音说。

是一个倒着在鹅卵石小径上走的老头,七十左右,短袖衬衫敞着怀,里面是件白色的背心。我坐在这条小径的尽头,他走到了我面前。

你怎么知道的？我说。

好大的酒气，说着他还扇了扇鼻子前的空气。

跟你有什么关系吗？我问。

他略微有点吃惊，但并没有说什么，而是掉转身子，继续倒着沿原路返回。

我知道他在盯着我的背。

我以为就这样了，没想到不一会儿他像之前一样再次出现。

你很不礼貌你知道吗？他说。

你知道就够了。我说。

是不是生活中遇到什么不顺心的事？

没有。

没有吗？他说着自作主张地找了块石头也坐了下来，人活在这个世界上免不了有很多不顺心的事……

你想怎样？我打断他。

啊，聊聊，聊聊不行？他有点难堪。

我想我可能有点过了，没必要让他难堪。说，行吧。

看你这年纪……

快四十了，我说。

今天礼拜三对不对？

是，你是想问我的工作吗？我不上班。

哦，他说，那也是本事。你肯定是个有本事的人，不上班。

这个我还真不敢承认。

你老婆没意见？

没老婆。

不好意思，他有点不安的样子，又补充道，我还真没想到。

没关系，这是事实，我想了想补充道，找个女的确实挺困难的。

哈，他愣了一下，说，你还真幽默，有个性。

其实不是。如果你有儿子的话，希望你儿子不是我这样。

哦，我有儿媳妇和孙子。他说到这里有点为难的样子，但还是把话说了下去，我儿子，唉，去年死了。

怎么死的？

车祸。

都太有钱了，车也确实太多了，指不定哪天我也被撞死了呢。我看了眼路上的车。

他是自己开车撞到……算了，不说了。

替你难过，我说。

是，是难过。唉，所以人要想开，想开点好。他故作达观地微微一笑。

然后我们只好沉默。

过了好一会儿，他说，还是说你吧，你没结婚这件事情吧也很正常，我一个外甥女跟你差不多，也三十好几了，没嫁人。

你是想把你外甥女介绍给我吗？

他笑了，并如我所料地终于伸出手拍了拍我的肩膀，说，倒也不是不可以，呵呵。

长得漂亮吗？

没的说。

那我就放心了。

他想了想,似乎茅塞顿开似的,说,你还别说,说不定我外甥女真的会看上你这种呢。

什么意思?

我那个外甥女吧,条件不错,父母两套房,她自己也有一套房,念书念到博士,单位也好得不得了。你知道吗?恒大。

恒大?那个证券公司吗?知道。

对,我不懂,我不抽烟,戒了好多年了,你自己抽。她父母也不懂什么证券,反正就知道收入很高。

那她为什么会看上我?

他没有回答这个问题,说,从二十几岁我们就帮她介绍对象,也不知道介绍了多少个了,不说条件都比她好吧,起码也都是条件相当的,但都没成。

没成什么意思,是跟那些男的谈了段时间同居上床后发现不合适?

怎么说话呢你,他说,虽然我不是保守的人,知道时代跟我们那会儿不一样了,但你这话不好。别这么说话。

哦。

他接着说,都是只见一次就再也没见过,人家约她她从来不去。

一次没有?

据我所知是这样。

哦,我说,那确实有点奇怪,她会不会是同性恋呢?

你说什么？他假装没听懂。

同性恋，同性恋你不懂？我比划了一下，女的跟女的，男的跟男的。

他先是挪动了身体，然后他站了起来，但并没有走。

他说，我发现你这种年轻人，也不年轻了，不礼貌也就算了，为什么要说瘆里八怪的话。我又没有得罪你。我跟你有仇吗？嗯？

没有。

那你为什么要说那种话？

我说什么了？

好好好，他不愿意复述我说的话，转移话题道，那老子问你，你是不是同性恋？

不是。

那你凭什么说别人？他的声音在颤抖，真是癞蛤蟆想吃天鹅肉，我外甥女能看上你？除非她眼睛被屎糊住了！

我看着他，发现他的嘴唇在哆嗦，指着我的手指也在哆嗦。我想笑，但忍住了，说，算了，别说了，你走吧。

他闻听此言，非常孤独地环顾自己的四周，反而还向我面前靠近了一步，说，我走？我走哪儿，这是你家的吗？他甚至跺起了自己所站的那块地面。

好吧，我说，那你可以不走。

我发现一瓶水已经喝完了，所以我站起来准备走，但被他一个箭步蹿过来挡住了。他说，你不能就这么走了。

这时候回廊那边几个老头晃晃悠悠围了过来。还没等这些围观老头说话，他张开两条胳膊，像要拦住人群保护我那样。

你们不要管，我自己跟他解决。

你是要打我吗？我说，如果你想打，我不会还手，真的。

打你？打你脏了我的手，你要收回你的话。

好的，你说怎么收回吧。

他显然也不知道怎么叫我收回我说过的话。人群里适时站出一个体格健壮的老头，看他的打扮，应该是之前在回廊横梁上引体向上的其中一位。他问自己那位浑身哆嗦的老伙伴道：老陈，到底什么事嘛，有什么事可以打110嘛。

老陈像很担心他掏出电话打110那样摁住了老伙伴的手，用另一只手指着我说，没什么事，就是这个人说话太难听了，太瘪里八怪了。然后转向我，说，你说你为什么这么恶心人！还问我怎么收回？你要道歉，你要向我道歉你知道吗？

哦，我觉得这一点不难，所以说，对不起。

对不起？一声对不起就行了吗？我发现老陈曾几何时眼中已经蓄满了泪。

对不起对不起对不起……我连说了三个以上的对不起。我听到围观老头中有一个短促的笑声，有女气。

算了算了，引体向上老头走了过来揽住了老陈，强拉硬扯带着他混入其他老头之中，我可以看到老陈伏在前者胸口的肩膀在一阵阵耸动。

我也没有道理继续站在这里，我还是想吐，想在自己床上躺着。在离开街心公园的时候，我还能听到他们的交谈。

引体向上老头说，老陈你也真是，跟个小子较什么劲嘛，你认识他吗？

老陈说，我怎么会认识这种小下流坯子，我只是，我只是看他长得像我儿子。

说到这里，老陈终于哭出了声音。

办大事

朱白在家照了照镜子,又对着镜子说了句:"这又有什么用?"这才出门上了街。

确实如他所说,没用,怎么打扮,一到大街上他就成了一个行人,或者行人之一。只有熟悉他的人才能将他认出来。在朋友眼中,朱白还是挺好认的。朱白的走姿被朋友们誉为"独树一帜"。首先他有一个翘臀,而且爱穿紧身牛仔裤,这使他走路的时候像故意撅着似的。其次他的脖子比一般人长,向前伸着,加上他冗长的下巴在走动中不免要一点一点地,古人所谓"颔首"大概就是这个样子。如果——我说如果——有人注意到这个撅着屁股、头直点直点的家伙迎面而来,会以为是跟自己打招呼。好在并不会有多少人注意到他。在大街上,再奇特的走姿也不可能让人留意。否则你将那些瘸子和没腿的人置于何地?

出乎意料。一个牵着孩子的女的挡在了他面前。

"是你?真的是你?"女的似乎有点不相信自己所看到的。

朱白不得不打量一下这个女的,也不胖,穿得一般,可能跟生育有关,脸色确实有点黄,一些坑洞或雀斑撒在上面。但依稀可见十多年前是个漂亮的大姑娘。那时候,她和他是同学。就坐在自己的前面,朱白铅笔掉地上的时候留意过她的臀部,记得它紧紧挤压在凳面上的样子。夏天的时候,他也看到过她背后的胸罩带子透过衬衫若隐若现,而居中的扣子则在衬衫上鼓了出来。

"不是我是谁?"朱白还挺幽默,然后惊异于自己的记忆力,"你是罗玉缝吧。"

"啊,你也记得我?"罗玉缝很高兴,然后将自己的孩子向前推了推,"叫叔叔。"

小家伙训练有素地叫了声叔叔,就跑到路侧的街边小公园里玩了起来。那里有另外几个稍微大点的孩子,他们正在玩一种发条陀螺。即便是午后,那些陀螺仍然在旋转中变幻着各种耀眼的色彩。如果是晚上,会更好看。

"别跑远,"罗玉缝说,"真没想到,上次见是什么时候?我结婚那次?"

"是啊。"朱白说。

可以肯定的是,朱白并没有参加罗玉缝的婚礼。上次见应该就是看胸罩带子及扣子的年月,因为毕业总在夏天。

"唉,一晃也好几年了。"罗玉缝说,"你现在怎样?"

"还好还好。"

"还在轮胎厂当质检员?"

朱白不确定有没有同学在轮胎厂当质检员,但既然她这么问,说明肯定有当年的同学后来去了轮胎厂。所以他说:"是啊,还在那儿。"

"挺好挺好。羡慕你们。"

"怎么了？"

罗玉缝朝自己的孩子努努嘴，似乎很有怨气："结婚后我就没上过班了。"

"不上班好啊，干吗还抱怨。"

"也不是抱怨，就是觉得没意思。"

"都没意思，都没意思。"

罗玉缝对他这话表示首肯，像自言自语也像跟朱白探讨，为什么活着活着就没意思了呢？朱白告诉她，其实最开始也没多少意思。说着二人还一起欣赏了一下罗玉缝那个被其他几个陀螺小孩排斥在外的儿子。罗玉缝觉得他的话"很有哲理"，然后问："如果我没记错的话，你孩子也有这么大了吧？"

朱白知道她显然记错了，所以说："是啊，这么大了。"说着还把手掌横在自己的裤裆前，以此描述了一下并不存在的孩子的身高。

"小班？"

"马上大班。"

"一样一样。"

然后他们一时找不到得体的话题。不过还是罗玉缝打破了沉默，而且她像忍了半天那样，涨红了脸一字一顿地说："有，个，事，我，想，问，问，你，希望你不要生气。"

这确实也让朱白感到好奇。说："啊，不生气，什么事？尽管问，有问必答。"

"我刚才老远看到你吓了一跳，真的，汗毛都竖起来了，确定是你了才跟你打招呼……"

"哦？你讲。"

罗玉缝看了看四周，然后凑近，神秘兮兮地问："为什么我听说你死了？"

"啊，你听谁说的。怎么可能？"朱白说着还动了动身体（大致是扭了扭屁股），以此强调自己不仅活着，而且能自如活动，完全与传闻中的死毫无关系。

"你别管我听谁说的，不是就好，没有就好。看到你真高兴啊，对了，你好像还长胖了呢。"罗玉缝果然音量也明亮了起来，但瞬间又压低了下去，"说是自杀。"

这确实让朱白感到震惊，原来自己在某些人那里已经自杀身亡，而现在自己站在罗玉缝面前仅仅是一个自杀未遂的人。他也仿佛看到了自己自杀的过程。只是他拿不准自己应该如何自杀。如果割腕，家里没有浴缸啊，用什么刀好呢？上吊，吊哪儿也是问题。根据他有限的人生经验，他确实见过喝农药自杀的人。他们畅饮一瓶农药，留下一个倒在地上的空瓶子，然后被发现的人一不小心踢得滚来滚去，而蜷缩在地上的人嘴里正向外冒着白沫。即便他被人拉直，躺在棺材里，嘴里仍然在冒泡。这可是朱白小时候亲眼所见的。想到这些，朱白不禁笑了起来，并且笑出了声。

罗玉缝用粉拳在他胸口打了他一下，说："你还笑？你真是的。"

朱白也想像她一样回敬一拳，因为罗玉缝的胸看起来仍然不赖。不过他不便如此。只好说："人嘛，都有不顺心的时候是不是？"

"是啊，"罗玉缝又赶紧摇头，"不是不是，你现在总不至于了吧？都有孩子了不是。"说着她也像朱白之前那样将手掌横在自己的裤裆前。只是罗玉缝比朱白矮一点点（可能朱白的长处是脖子），她把朱白不存在的孩子的身高描绘得也矮了不少。

"哈哈，不会了，再也不会了。放心。"

"那就好那就好。活着虽然也没多有劲，但也蛮好玩的是不是？"

"就是。完全同意。"

这时候罗玉缝的孩子嘟着嘴走了过来，他没有陀螺，他希望有个陀螺。

"你是不是还有事？"罗玉缝问。

"你不说我还真忘了呢。"朱白说。

"好吧，那你忙。"罗玉缝指了指不远处那片建筑，"我现在就住这个小区，以后肯定能遇到，到我家来玩？"他们还互相拨了对方的电话，当然，谁也没接。

"好，一定。"

"跟叔叔拜拜。"

"拜拜。"

朱白并没有把这件事放心上，他认为这件事的唯一可能性是，罗玉缝完全不记得朱白了，张冠李戴了，或者就是罗玉缝已经疯了。不过这事本身难道不也正常吗？所以他加快了脚步。

老实说，取汇款这事朱白并不喜欢。但总有报纸杂志不会往卡里打款，他必须拿好汇款单携带身份证前往。邮局这种地方，按朱白的说法，自从人们不再通过写信交笔友后，就不行了。邮局显然也同意朱白的看法,所以邮局后来成了邮政储蓄银行。

朱白取了号,但并没有和那些老头老太一起坐在椅子上等,而是在大厅里找来找去。

"大堂经理呢?"朱白问那个腰间佩戴警棍的保安。

"有什么事吗?"保安问。

这倒是个问题。朱白是来取汇款的,并不需要办理别的业务。他只是习惯了在排号等待的过程中和那个大堂经理聊几句。没错,大堂经理是个大姑娘,个子不高,但细腰乍臀,饱满匀称,曲线柔和,却又紧凑有致。也可能跟银行女职员穿制服有关。制服使她们从大街的各种时尚打扮中脱颖而出。比如她们的屄屄头发型,比如黑布鞋和西裤,街面姑娘很少穿。但她们穿,不仅穿,而且穿得极其坦荡。总之,朱白认为,大堂经理是他喜欢的类型。对待这样的姑娘,就得表现出一个性别对另一个性别应有的尊重。

"你很好看你知道吗?"朱白会这么问她。

她当然笑,脸有点红:"谢谢。"

"住在附近?"

"不啊,挺远。"

"哪儿?"

然后她说了个确实比较远的地名。那地方朱白去过,不算好地方。

"为什么不住近点呢?上班多不方便。"

"没钱租贵的啊。"

"你们还没钱,国企吧。"

"国企是国企,领导有钱,我们没有啊。"

后来朱白就问:"结婚了吗?"

"没呢。"

"男朋友呢?"

"也没有。"

"给你介绍个?"

姑娘又笑了,未置可否。

"说啊,给你介绍个好不好?"

"好啊,你先告诉我你想介绍个什么样的。"

朱白尽量表现出开玩笑又不失真诚地说:"你看我行不行?我把自己介绍给你?"

姑娘笑得更凶了,以至于用小手捂住了嘴。

有一段时间,大厅靠墙的地方放了许多色拉油、大米、锅具等物品。

"这是干吗?"

姑娘说:"奖品啊。"

"怎么才能得到奖品?"

"现金存储。存两万块钱,就两万积分,就能奖励一瓶色拉油。"

"哦,这可真不错。等我有钱了在你这儿存吧。"

"好啊好啊,"姑娘喜出望外,"老实说,我们有任务的,大哥看你就大款,你把钱都存我们这儿吧。好吗?"

"没问题。"

朱白每次从邮局回来都会意犹未尽地想,这个大堂经理如果娶回来做老婆兴许是可以的，我也确实挺喜欢人家的。不过，第二天他就忘了邮局里还有个大堂经理。所以过了段日子，他再次出现在邮局，还是取汇款，从来没有想过把这些汇款现金积攒起来存给他们。他没有多少钱，说成入不敷出可能过分，但要他把钱存起来还是让他想不通。存钱的目的到底是什么？是获得那一点微薄的利息？这只能是蠢货才愿意干的事。存款的实际意义是将钱集中、安全地摆放在一个地方，然后为将来需要花大钱办的大事做准备。而所谓的办大事，无非娶妻生子生老病死。问题是，这些大事朱白还没有考虑过。所以他宁愿把现金放在抽屉里，或者让钱（也就是一些枯燥的阿拉伯数字）毫无生气地放在银行卡里贬值，也没有动过储蓄的念头。在和之前的女朋友们交往的过程中，他确实想过是否和对方结婚的问题，然后他会粗略计算一下自己有多少钱，能否尽量简洁地将婚事办了。但仍然没有考虑过储蓄。和之前女朋友们必然的分手也使这个问题迅速瓦解。当然，这也可以从另一个角度来看，那就是，当一个人试图储蓄的时候，他势必准备办大事。

总之，现在保安问他找大堂经理贵干还是让他一时哑口无言。

"说，什么事？"保安其实也早已认识他，并对他每次把大堂经理惹得捂嘴而笑很不高兴。保安似乎早已洞穿了朱白除了在窗口递进两张汇款单拿走若干小钱并无别的新鲜花样。就仿佛如果朱白这次不回答有什么大事要找大堂经理的话，他就会对这个家伙不客气，直接用电棒捅朱白。而朱白胆敢反抗，他就会招呼楼下护送运钞车的头戴钢盔的家伙蹬着皮鞋进来，将朱白当场击毙。

就像是被保安恐吓出来的一样,朱白说:"我要存款。"

朱白一共存了两万。不过这两万并非他汇款单上的数目,他还跑到另外一家银行,从自动取款机上取的。自动取款机一天提取的上限就是两万,如果没有上限,还不知道朱白会取出多少呢。

他拿着两万现金,再次出现在邮局的时候,大堂经理已经微笑地站在那里恭候了。

"存多少?"

朱白扬了扬手中两叠现钞,表示:"说话算话,为了照顾你的生意,现取的。"大堂经理虽然略有失望之色,但确实较之于以往对朱白甚为热情,以至于填写表单都是她代劳。

他和她一起站在经办窗口。刚开始,他坐着,她则站着。所以他也站了起来,并将身后的椅子踢开。在等待经办人员办存折的时候,他们再次聊了起来。柜内的通话设备这时候关闭了,身后坐在椅子上的老头老太正在昏昏欲睡,而那个保安则不见了踪影。如果忽略掉叫号机女机器人般的呼叫和邻座窗口顾客和银行工作人员的对话,这是一个极其安静的时刻。

"我说帮你解决任务,没骗你吧?"

"呵呵,谢谢。"

"上次说帮你介绍对象的事,你有没有考虑考虑?"

"哈哈,你真幽默。对了,你是做什么的?"

朱白想起自己一个朋友租房子的时候曾和中介小姐自称是"作家",对此他只有敬佩,自己做不到。所以他想了想说:"个体户。"

"不用上班?"

"不用。"

"真好。"

"你们上班不好吗？"

"烦死了。"

"那你可以和我一起不上班嘛。"

姑娘认真地看了朱白一眼——她可真美——说："你当真？"

"当真。"这么说着，朱白明确地感觉到似乎有一架飞机正从头顶飞过，他觉得自己汗毛都竖了起来。

"真没想到。"

"嗯？"朱白想问问她真没想到什么，但经办人员已经将存折和身份证递了出来。积分文件则由她拿住，然后领朱白前往那堆色拉油和大米面前。

"一桶油，或者一袋大米，你挑？"

朱白选了一桶油。

"好，谢谢，慢走啊你。"姑娘说。

"再见。"朱白只好这么说，然后拎着油往外走。不过，很快他又折了回来，他觉得这事还没完。

"还有什么事？"姑娘仍然微笑着看着他。

朱白一下子紧张了起来。居然抓耳挠腮说不出话。

姑娘捂了捂嘴，说："我知道我知道。我就快结婚啦。瞧。"

她伸出了一只手，确实戴着一枚婚戒。

"啊，恭喜。"朱白只能这么说。

如果说朱白真的有多失落也许夸张了点。他只是拎着油桶感到费劲，很快手心就被勒出了一道红印。他不可能再步行回去，所以叫了一辆出租。到家后不久，天色也就暗了下来。他打算像平常一样下楼吃饭。蛋炒饭、牛肉面？或者别的。但在换鞋的时候，他看到了那桶被放在门口的色拉油。所以他下楼去超市买了点蔬菜。他很少自己做饭，这或许与他厨房里色拉油早已用完有关。他炒了茄子，做了锅青菜汤。这时候才想起没有淘米煮饭。当他打开米缸的时候，发现以前剩下的米都发绿了，里面爬满了那种和米粒大小相等的黑虫子。他只好吃炒茄子并喝汤。不好吃，他吃了点就全部倒掉了。他拿不准自己是不是要下楼重新吃一顿。犹豫之间，天已黑透。他也懒得开灯，坐在黑暗中抽烟，觉得总有什么地方不对。所以他找到手机，那个下午刚刚拨的号码还在，他要给罗玉缝打一个电话。

铁砂掌

酒桌上来了一个人。男的。

四十几，穿一身运动装。露出的胳膊和脖子都表明，此人很壮。

"我朋友，陈总，做生意的。"老李介绍道。

这么一说，我确实注意到陈总衣领底下闪烁着一条大金链子。

倒酒给他。陈总客气地用手掌压住杯口："谢谢，滴酒不沾。"老王给敬烟，也遭到了同样的待遇。

谈不上扫兴，世上总有这种人。在他来之前，我们不也自己在喝在抽吗？可以想见的还有，在这桌酒散了以后的日子里，我们仍然会喝会抽。我们的抽烟喝酒，已经过了会受一个不抽烟不喝酒的人影响的地步。更不要说我们正在开展的了。酒桌半途来一个人，这相当于中场休息。下半场我们干得更凶，以至于老李趴在桌子上睡着了。

"哎，老李。"陈总初来乍到，而且是老李带来的，大概觉得孤单，试图将后者摇醒，"我送你回家怎么样？"

老李当然不会醒过来。也不会回家。

我们告诉陈总,老李大概在半个小时后会自动醒。

"醒来后你看吧,可好玩了。"老王已经提前嘿嘿笑了起来,坐在他一侧的娜娜则咯咯咯。

陈总显然受到笑声感染,好奇了起来:"怎么好玩?"

没人回答他。我们劝他时间还早少安毋躁。老王甚至还上前从后面摁住他的双肩,试图将我们想象中他站起来送老李回家的一连串动作暂且摁在椅子上。

"我×,"老王像触了电那样缩回手,看着我们无辜地叫了起来,"我×我×我×……"

"怎么了?"

老王又用手在陈总胳膊上捏了几捏,说,"你来。"然后从陈总身边让开,拉娜娜站起来,像自己之前那样叫她摁住陈总的肩膀,并自作主张地拿起陈总的一条胳膊让娜娜捏。

"啊,"娜娜也叫了起来,"很硬。"

这个词出自女孩之口,大家自然免不了要笑。不过也纷纷站起来对陈总摸摸捏捏。陈总不仅很壮,而且肌肉坚实得可怕。所谓腱子肉大概就是这样。如果不是初次见面的陈总面露难色,我们一定会把他上衣扒了好看个究竟。

"平时都玩些什么啊陈总,健身房?"

"也没什么,就是爬山。"

"攀岩爱好者?探险家?"娜娜问。

"哪儿呀,我家住蒋王庙。就是爬紫金山。"

蒋王庙大家都知道,那里有条上山的路,也可以说是爬紫金山最著名的道口之一。一年四季,几乎每天那一带的山脚都聚集着一些上山下山的男女老少。在座的也不止一次从那儿上过山。我们呼朋引伴，穿着崭新的球鞋，背着水（如果我们决定在头陀岭野餐的话，我们还会背上卤菜和啤酒），等人齐了，再一起出发。在爬山过程中，我们几步一歇，谈天说地，也免不了出现点打情骂俏、你追我赶的小插曲（娜娜带着女伴的情况下）。总会有人先到上面，然后冲气喘吁吁大汗淋漓苦于攀登的我们喊：快点快点。

"天天爬？"

"是。"陈总说。

"一个人爬？"

"对。"

"爬上去之后呢？"

"就下来。"

"像你这样的，一上一下要用多少时间？"

"不下雨下雪的话，四十分钟吧。"

"就是说下雨下雪也爬？"

"嗯。"

"大年三十也爬？"娜娜问。娜娜不是南京本地人，每年在大年三十这一天自然回了老家，或正在途中。

"是啊。"

"出现过这种情况没有，"我说，"你上山下山没有遇到任何一个人？"

"少。有过一两次吧。"

"是过年的时候吗？"娜娜问。

陈总笑了，说："是。"

"你们知道吗，紫金山原名蒋山，陈总住的蒋王庙就跟这座山有关，在东晋干宝的《搜神记》里出现过……"没人知道老李什么时候已经醒了过来，老李是大学老师，喜欢事事说个典故也很正常。不过，在此情形下突然引经据典起来委实没什么意思。

"哈哈哈，"陈总倒是笑了起来，然后逐一看大家一眼，并认真地告诉我们，"确实好玩。"

陈总做过什么生意我们不知道，我们只知道他以前确实做生意，而且挣了钱，四十岁就什么也不干了，每天除了爬山，就是和老婆孩子过安逸的家庭生活。"陈总"的称谓只是他做生意的历史遗迹。陈总还在酒桌上告诉我们，他也觉得爬上山再下山没什么意思了，所以他现在每次上了头陀岭，就掌劈石头，固定劈一块石头，他已经将那块石头劈出了一道凹槽。

"裘千仞的铁砂掌吗？"

"不敢。就是好玩。"

他将手掌摊开给我们看，嚯，全是老茧。比他的胳膊还硬。

"我们一起去看那块石头好不好？"娜娜说。

"田田、毛毛什么的，去不去？"老李说。

"去去去，都去。"

然后我们约定一起去爬山。并还约好下山后由陈总在蒋王庙那一带找一家好馆子请我们吃饭。后者用铁砂掌砰砰砰地拍着硬邦邦的胸脯，说一点问题也没有。

不过，集体爬山那次，我因临时有事只好抱憾。他们去了。通过后来饭桌上的描述，情况是这样的：当然是陈总第一个到达头陀岭，他像平常那样在山顶狠狠揍了一顿那块石头之后，还是太早，只好原路返回找大家。在半山腰上，他遇到了老李老王，但娜娜却还在他们后面。于是三个人只好坐下来等娜娜。然后娜娜香汗淋漓地出现。她照例没有把田田、毛毛她们带来。陈总见他们吃力的样子，提议不如下山吃饭。老李和老王没意见，娜娜却怎么也不依。她说她一定要看到头陀岭上那块被陈总劈出凹槽的石头，说着还立即从地上站起来拍了拍屁股继续往上爬了。既然如此，老李和老王只好奉陪。然后他们就到了山顶（陈总是二次），找到了那块石头。

"狗屁凹槽，"老王事后偷偷告诉我，"就是一道白印子。"

"当时你怎么不说？"老李不以为然，"小心娜娜知道了告诉陈总，陈总一掌劈死你。"

"得了吧，谁信这一套。你叫他来劈？美军在伊拉克都精确制导了，还铁砂掌。"老王想起了什么，说，"陈总不是你朋友吗，为什么要娜娜传话？"

趁老王去上厕所的当口，老李道出了实情，虽然当时是娜娜率先站起来往上爬的，但后来还是落在后面。老李和老王毕竟是汉子，虽然速度达不到陈总，但体力稳定。娜娜后来甚至需要自己用手抬自己的腿往台阶上送，见此情形，老李和老王只好将娜娜托付给陈总。陈总只好陪着娜娜。老李老王上了头陀岭后，等了会儿，陈总和娜娜才出现。但当时的情形是陈总抱着娜娜上来的，就像电影中男的抱女的上床那样抱。也就是说，老王吃醋了。

"瞧，今天也叫了娜娜和陈总，都没来。说不定俩人真搞上了呢。"

说来也奇，我和陈总只见过那一次。爬山没去，之后也再没见过。半年后，老李喝酒猝死。这很不幸，所幸的是不是跟我喝酒猝死，否则他老婆不会饶了我。娜娜倒是常见，继续陪我们吃饭喝酒。但也没听她说过陈总。就像陈总这个人并不存在一样，或者他已经随着引介者老李的猝死也死了。

不可否认的是，老李的猝死对我们的饭桌确实是个重大损失。我们开始追忆老李，尤其热衷于追忆他喝趴下再次醒来后的好玩事迹。因为不可能每次我们三个人都在场，所以我们分别说了三个彼此没听说过的段子。

老王：那次我们是在鼓楼广场上喝。他醒来后，问我跳舞的大妈们都去哪儿了。我告诉他时候不早了，大妈们应该都回家睡觉了。然后我们就往家走，我得送他是吧。在他家附近的巷子口，我们看到一个烧烤店，店门前坐着一个老太婆正在洗碗，大概是帮烧烤店打工的吧。老李倒好，歪歪倒倒跑到那个老太婆跟前，说："来来来，跳舞。"

我：说到送他回家，我也干过一次。估计也是你说的那个巷子，我知道那个烧烤店，跟老李吃过。说那巷子。前面走着一个穿高跟鞋的年轻姑娘。深更半夜的，高跟鞋声音很响。老李精神为之一振。问我，你敢不敢和她打个招呼？我说不敢，怕被当流氓。老李说，当流氓有什么不好吗，有吗？我说，是啊，确实也没有什么不好的，要不，你先当一个？你猜怎么着，他二话不说，就冲了过去。但他是踮着脚冲过去的，也就是说那个女的没听到后面有人。到了那个女的背后，他一下子双手从她的两个胳肢窝里伸过去，两只手分别从后面抓住了她的胸。哎呀，那女孩吓坏了，叫得我都害怕。

"娜娜，你说一个？"

"我才不说呢。"

"嘿，肯定特别好玩，快说快说。"

"说了你们可不许跟别人说。"

"那是自然。"

娜娜：那次吃饭是我、老李，还有陈总。老李睡着了，就我和陈总在吃。陈总不喝酒，你们是知道的，而且我对他的新鲜劲也过了。所以没劲透了。有一搭没一搭地说什么了，我也忘了。然后老李终于醒了。他醒了看见我俩闷闷不乐地坐着，问，你俩是不是吵架了？我说老李你这什么话，我和陈总犯得着吵架吗？老李下流地说，你不是说陈总很硬吗？我说去你的。话说到这儿也就算了。没想到那个陈总真是无趣极了，还忙不迭地跟老李解释说跟我没有什么他想象中的关系。我跟你俩实说了吧，确实没关系，我确实想过，但陈总不行，他说他有老婆，真的。

"哦，就这？"这个段子虽然有点意思，但我和老王都没法笑得出来。

"还有，"娜娜喝了口酒，点上一支烟才接着说道，"老李还向陈总提了一个问题，他说陈总啊，我看到头陀岭那块石头了，对，娜娜也在，你们都在，但当时我没好意思说。陈总说，你想说什么你说吧。老李说，你知道你掌劈的那个凹槽像什么吗？陈总问像什么，老李说，像那个，你劈出了一块女的那个。当时旁边还有很多其他吃饭的人，很多人都听见了。你们也可以想象陈总的脸色，一会儿青一会儿白的。"

"然后呢？"

"然后陈总站了起来，临走前，给了老李一个耳光。"

"他那铁砂掌打的？"

"可不是。"

"老李呢？"

"又昏过去了。把我急坏了，正准备从老李手机里找他老婆电话，老李又醒了，然后就自己回家了。"

"这次醒来没说什么吗？"

"说了，说他明天会死，请我不要伤心也不要难过。"

"是吗，是第二天死的？"

"是的。"

第三部分

幸福的童年

那个叫史珍香的女的自从当了我们的班主任后,就没有同学觉得她长得好看了。

在之前,也就是她教我们音乐课的时候,那可真漂亮。两条大辫子别人都任它在后面拖着。她不,总是要拿到前面来,一左一右搭在胸脯上。而且她还喜欢玩弄自己的辫梢,这样一来,辫子就在胸上走了个曲线。有时候她的辫子也会跑到后面去。比如她踮着脚在黑板上方写字的时候,我们除了看到她的腰(腰眼还有两个酒窝那样的小肉坑),就是能看到那两根辫子一左一右指着她的两瓣屁股。上音乐课,脚踏琴和琴凳需要上课班级的相关同学搬来搬去。负责搬琴凳的王勇曾在下课后对着琴凳的皮革垫子上屁股的形状爱护不已,他知道,随着时间的流逝,皮革下面的海绵会恢复到原来的样子,这两瓣屁股形状的痕迹在他将凳子搬出门外就会消失。世界上比它短暂的生命大概没有。总之,我们觉得音乐老师史珍香是那么漂亮。

班主任史珍香就很讨厌了。她无休止地命令我们干这个干那个,一旦没有按照她的要求做好,她就会实施惩罚。王勇写错了一个字，她问他为什么写错，他说是粗心大意，没看清。她就拽他的眼皮，差点让他的眼球夺眶而出。夺眶而出的是眼泪。她反问，难道你还委屈？王勇哭着指了指我，告诉她，我是抄他的！于是她又叫我和王勇将手摊放在讲台上，用那根教鞭打。这是一根柳条教鞭，还是王勇亲自制作的。春天刚刚到来的时候，他邀请我和他一起来到河边，然后三下两下蹿上树，经过一番筛选，他选择了这根笔直而粗细适当的。为了使柳条切口规整，他没有采取蛮力将它折下，而是从口袋里取出削铅笔的小刀慢慢切割。为了使我们的教鞭区别于其他班级的，他还用那把小刀在上面镌刻了花纹，即保留一厘米的树皮，之后的下一厘米，他又环形切掉树皮，如此白色（树干）和绿色（树皮）交错，迭加往复，让人眼花缭乱。现在，那些环形树皮不少已经被史珍香的指甲抠了下来，没抠下来的已经发黑了。

我们站在教室外面的屋檐下回忆往事，心里很不是滋味。身后是史珍香在训斥其他某个同学的声音，眼前则是空无一人的校园。教师办公室方向偶尔有人站在门口冲外面倒茶杯，他们换茶叶总是很勤快，我们每天都要踩到他们的茶叶。一年级方向的小弟弟小妹妹们正在参差不齐地读拼音字母。当然，我们也承认，从一年级一直带我们的班主任张龟雄跟史珍香也差不多，唯一的区别是他不会揪眼皮和打手心，而只惯于罚跪和大凿毛栗。但想到他现在躺在医院里，我们感到十分难过。我们曾在史珍香的带领下去过医院看望我们的前班主任，看到他直挺挺地躺在雪白的床单上被同样雪白的被子盖着，让我们觉得他还置身于白雪皑皑的严冬。我们分别在他面前汇报了我们的学习情况，并且还唱了一首史珍香事先教会我们的《路过老师的窗前》。张龟雄感激地闭上了眼睛。我们给亲爱的张老师带来了老母鸡和鸡蛋，希望他能尽快恢复。与此同时，我们又兴高采烈地欢迎史珍香担任我们新的班主任，王勇并就此特意制作了一根新教鞭。现在，我们还没来得及悔恨，而只是沉浸在对张龟雄的怀念之中。

你说，王勇问，张龟雄现在到底死没死？

我说，我们这么怀念他，他肯定会死的。

植树节那天，我们要栽树。沿着围墙，两人负责栽一棵。是水杉。我和王勇当然是一组。

在史珍香指定的地面上，我们开始挖洞。在就先往洞里浇水还是先把树栽好再浇水这个问题上，我和王勇发生了争执。王勇持前一观点，我持后论。唇枪舌剑，以至于在想象中动起了手。我们分别操持着各自的铁锹向对方头上拍去，我一锹下去，王勇脑浆四溅，流得他满身都是。尤其是白色的脑浆流在红领巾上相当扎眼。不过，他没有对此表示介意，而是强调他的衣服是他妈妈昨天刚洗的，到现在还有肥皂的味道。他能够容忍脑浆流到任何地方，但绝不容忍脑浆弄脏了他妈妈新洗的衣服。所以他哭喊着一锹拍在我的脸上，将我的脸整个拍成锹背的模样。不知道为什么，我能够看到自己的脸，居然和史珍香留在琴凳上的屁股痕迹一模一样。因此，我还用已经陷入脸膛内部找不到的鼻子认真嗅了嗅，确实也有一股屎臭。

后来，我们只好采取了一个折中办法。不浇水，但王勇用他的铁锹到厕所里挖一锹大粪过来预先放入坑中，再按我的方法，将树苗放进坑中，填土浇水。好，很好，大粪会给我们的小树苗提供多于旁人的营养，这是科学，我没有任何理由反对。然后他就这么干了。那是一锹相当浓厚的粪便，五颜六色而又整体发黑。而且它没有我们想象的那么臭。当王勇将粪便倒入坑中之后，我不禁出于好奇弯下腰来仔细看看。除了干硬的屎橛子和各色稀屎，最吸引我目光的是一些擦屁股的纸张，作业纸上的红叉红勾清晰可见（学生用），报纸上的人也笑若桃花（教师用）。此外还有一只鞋子。看尺码，顶多是一年级学生穿的。王勇觉得这只鞋对树苗来说没有任何营养，就将它挑了出来，然后去寻找失主。当然，这是之后。我们还是得先把树栽好。

根据史珍香事先的宣布，每棵树都由栽他们的人命名，并书写一块纸牌挂在上面，用以标记。我们看了看别人的名字，有叫"茁茁"的，也有叫"壮壮"的，此类最多。还有个叫"我的中国心"的，算是较有创意。但这都不能让我们赞赏。

一定要起个牛×的名字！我说。

大概是王勇家里死的人比较多经常上坟的缘故吧，王勇说，要不叫"王曹氏"吧，一看就是我俩栽的。

我说，那为什么不叫"曹王氏"呢，还是一看就是我俩栽的。

争执这个没意思，而且站着想名字让我们感到十分劳累。所以我们来到水泥乒乓球台上。为了免于受到对方的干扰，我们以砖砌的中网为界，各自坐一边思索。校园里到处都是追追打打的同学，据说他们正在欢度幸福的童年，而我和王勇却必须从幸福童年中抽出空来为一棵树想名字，这可真够我们受的。

何不就叫"幸福的童年"？我和王勇几乎异口同声说。

我们为那只小鞋子寻找失主找了整整一个春天。不过，我们没有主动去问别人有没有丢鞋子，而只是盯着别人的脚看。我们希望在晨会的操场上发现有一个家伙只穿了一只鞋子。功夫不负有心人，后来我们终于发现广播站的陶老师只穿了一只鞋。话说这个陶老师，中年，秃顶，胳肢窝里拄着根拐杖。听说他早年在采石场工作，负责点炸药。有一天，他把自己齐胯炸断了一条腿。成为残疾人后，他来到了我们学校，主要在校内负责看大门和广播站工作，播放运动员进行曲和喊口令，偶尔也使用当地话代读学生撰写班主任润色的国旗下的讲话稿。在周末，如果我们想进学校遭到他的拒绝后，我们还可以翻围墙。总之，因为他是个瘸子，而且从来没有在我们的课堂上出现过，而且亲友死绝，至今未婚，以校为家，所以大家十分爱戴他。我们甚至想，等我们长大了，一定会非常想念陶老师的。

于是课后我们来到了广播站。

广播站里除了桌椅、唱机、话筒、锦旗，还有一些靠墙摆放的旗帜。旗帜掩映之下还有一面鼓和两个黄灿灿的铙钹。哦，这些玩意儿是在节日使用的，这不由得使我们想起六一儿童节时的场面。

陶老师，我们只看到你穿一只鞋子，请问，这只鞋子是不是您另一条腿的？王勇开门见山地说。

陶老师接过那只鞋子，翻来覆去甚至还掀开鞋舌看了看内部，然后很确定地告诉我们，不是，我没有这样的鞋子。

我说，假如是您的，请您千万别客气。

真的不是我的，陶老师语气诚恳，说着还拿着那只鞋放在本来属于他那只丢在采石场的脚的位置，并晃动那只健在的大脚说，你们觉得这可能吗？

其实在我们看来，如果不把一大一小看作问题的话，确实算一双。

王勇觉得不能就此放弃，说，陶老师，也有可能是您小时候丢掉的鞋子，您说是吗？

陶老师露出慈爱的神情，带领我们一起追忆了自己的童年。他说他小时候确实经常丢东西，也确实丢过一只鞋。那时候的陶老师，只是一个四五岁的小男孩，但不知为什么，也跟着一大群妇女一个劲地逃跑。在逃跑的途中，那条后来炸断的腿所属的鞋确实跑丢了。

这个故事让我们心中生起无限的同情。我说，也许您当年没有丢掉那只鞋，腿就不会后来被炸断，您觉得是这样吗？

是这样，我亲爱的孩子们。陶老师点头同意。

在我们把那只找不到失主的小鞋子重新扔进粪坑的时候，六一儿童节就到了。

史珍香要求我们班无论男女，所有同学都穿白衬衫黑裤子，并且还要求我们问父母要了两毛钱集体买一条新的红领巾。当天早晨，她还叫我们提前一个小时到校，由她给我们每个人化个妆。我看到王勇一改往日的形象，浓眉大眼，两颊红扑扑的，像课本插图里那个送鸡毛信的家伙，他则认为我更像那个把鬼子带进八路军包围圈的少年。

我们收到了礼物，和往年一样，是一支铅笔一块橡皮和两块硬水果糖。也和往年一样，先是在操场上红旗招展鼓乐喧天地绕着跑道游行，然后就是进入指定的方阵，在草地上坐下，听村长和校长的祝辞，之后才是最受期待的文艺表演。每年此时，校外田野里干活的农民，服装厂里的女工，都会跑来观看。因为这些农民和女工都是我们的家长，所以我们表演起来更加卖力。

对于我和王勇来说，这是我们最后一个儿童节。所以我们决定表演一番武术对打。

在《霍元甲》主题曲的伴奏下，我和王勇跳入场地，不由分说，就打了起来。我一拳打在王勇的脸上，他的一颗牙立即就飞了出来。他则一脚踢到我的裆，我疼得意识到就算长大了也别想娶到老婆。所以我只好找了块砖头拍在他的大脑门上，血立即盖住了他的脸。他看不见，像一个太极拳高手那样在四下里东摸西摸，好不容易摸到一个坐在前排的一年级的小弟弟，王勇将他拉起来，并将他举起来向我砸来。我躲开了，那个小孩一头栽在了地上⋯⋯

打死你。我说。

打不死你。王勇说。

我们的表演获得了雷鸣般的掌声。

因为伤势过重，我俩分别被送到了医院。在医院，我们获知，我们的前班主任张龟雄确实已经死了。而因为今天是六一儿童节，各小学都有伤员，所以病床紧缺，我和王勇睡在一张床上。兴许就是张龟雄死的那张床，只是因为医院里万物皆白，我们像在雪地里一样迷失了方向，并晕眩不已，很快就睡着了。

等我们醒来，傍晚的骄阳自窗口而入，给病房里抹了一层屎色。这让我们感到舒服多了。

我做了一个梦。王勇说。

我也做了个。我说。

那我先说，王勇说，我梦见广播站了，陶老师正在和史珍香干那事，因此，史珍香全身上下所有细节我也看到了。

陶老师呢？我问。

我觉得他还是有两条腿，那条炸断的腿又长出了一个新芽，一个非常小的新腿，只长到那条好腿的膝盖部位。也有脚，很小，穿的就是我们在厕所搞到的那只鞋。

真有意思啊你这个梦。我由衷地赞叹了一番。

你呢，你那个梦？

我说，我这个梦没你的好，显得很无聊。

怎么说？

我梦见自己长大了，回到了母校。但我们的学校已经跟其他学校合并了，这里已经没有了人。黑板上彩色粉笔画的学习园地还在，你用白色粉笔在黑板上画的雷锋也在，包括卫生角的秃头扫帚和流动红旗都在，但没有风，所有东西都一动不动。

树呢？我们的幸福的童年呢？

没看到，没有，没了。我说。

我们发现了石油

北风吹了两天两夜,在树梢、屋顶和门缝里制造了很多响声。等风停了,父亲推门而入,对我说,这场风刮得好,很多树枝被吹了下来,恰巧家里没什么柴火了,作为一名少年儿童,我应该出去将他们捡回来当柴烧。

瞧你这样,灰头土脸的,烧锅热水洗把澡也是好的。他找到一柄鹤嘴锄,在再次出门之前,回过头来说,先把猪喂喂。

喂猪没问题,这是我每天都必须干的活。我将玉米面和草糠按照固有的比例混合在一起,再浇上固有比例的水,搅拌混合好了,倒到猪食槽里即可。我喜欢喂猪。从春天开始,我就喂它,把它从一头小黑猪(父亲抱回来时它黑不溜秋的样子还清清楚楚)喂成了一头大黑猪。中间只出过一次事故,那就是父亲叫来了劁猪蛋的,后者将它摁在地上在它的裆下划开一道口子,然后从里面掏出一小坨肉球。缝上后,它有两天没有什么心思吃东西,仅此而已。更多的时候,它食欲盎然,逮见什么都啃,长势相当喜人。看着它啃东西的样子,我总是十分开心。不过父亲曾经警告过,有一家人,大人没注意,结果小孩爬进去也叫猪啃了。他的意思听上去是怕我被猪啃了，也可能是叫我主动爬进去给猪啃了。不管怎样，我觉得他是多虑了。在喂猪的时候，我总是会伸手越过猪圈的栅栏去抚摸它的头，鬃毛扎手，它的头真大，只顾埋头吃东西，对我相当友好。

不过，捡树枝这事我还从没干过。按照我对父亲的了解，如果他再次回来的时候没有看到灶下有堆满那些被大风刮下来的枯枝，他会把我一脚踢到河里去的。当然，就算我被踢进河里，也没什么。我已经忘了河水是什么时候结冰的了，冰面厚到了能让人在上面蹦跳。如果我受到外力，也就是他那一脚，我就可以不费吹灰之力地滑行到河的另一边，然后从河堤上爬上对岸，也就是那片麦田。这是一片广阔的麦田，眼下虽然为尘土和霜雪覆盖，没什么了不起的。但到了春天，就跟大海一样。一旦刮风，麦浪起伏，有晕船的感觉。

村道上没什么人，枯枝败叶横七竖八地躺在那里，捡它们并没有我想象的复杂。不一会儿我就扎了一捆，然后像我想象的那样扛在肩头送回家（这样让我觉得自己十分高大）。不过等我再次出现在村道上的时候，我发现五保户张大奶奶也在捡树枝。我本不想跟她计较，但问题在于，每当我看中一根树枝，她也会表示看中了，并不经过我的同意率先将它揽在自己怀里。

张大奶奶，我空着手站在那里说，你这样是不对的。

唔，她连头都懒得抬一下，向另外一根树枝蹿了过去，然后站在那根树枝原本占据的地方补充道，没什么不对的。

张大奶奶已经七十多岁了，无儿无女，老头子也早死了。她的棉裤看上去相当宽大,裤裆里能藏一个小孩,上衣则是那种在我看来是古代人才穿的衣服,脑袋上裹着褪了色的蓝色头巾,在头巾的边缘是她那些乱七八糟的白发,然后是她那张沟壑纵横惨不忍睹的老脸。

我走到她的面前,试图和她商量一下。我的意思是,树枝就这么多,如果全部叫她捡了,我就无法完成父亲交给我的任务。那样一来,我的下场会很凄惨。不过她并没有商量的兴趣,而是迅速将我身边的树枝都捡走了。没有办法,我只好朝她的臀部踹了一脚(就像踹在两片瓦上)。

减阳寿的减阳寿的,她一边从地上爬起来一边这么骂。爬起来后,她还朝头上一摸,才意识到那条褪色的头巾掉在了地上。我以为她会捡起来重新扎住脑袋,结果她只是将它拿在手里白发飘飘地冲到我面前不由分说给了我一个大嘴巴子。那条头巾也因之在我脸上晃了一下,我还有幸闻到了一股臭味。

然后我们就打了起来。在我们的一侧是赵宗先家的草堆,我和张大奶奶像商量过了一样,很快就将斗殴地点转移到了草堆附近。一会儿我将她踹到草堆上,一会儿她将我推到草堆下。草堆被我们撞得岌岌可危,让我们一度认为它会倒。为了不让草堆倒塌,我和张大奶奶不再推搡,而是在草堆下扭打了起来。有时我骑在她身上狠狠掐她的老脸,更多时候则是我被她骑在身下接受劈头盖脸的暴打。直到被闻风而至的赵宗先拉开。

你怎么打小孩?赵宗先非常严厉地批评了一顿张大奶奶,并将好不容易才从地上爬起来的我拉到他的胳肢窝附近,并用手掌表示了我的身高,以示他对我的"小孩"论断并非言过其实。瞧,你都把人家小孩打哭了呢。

张大奶奶张了张瘪嘴，试图辩解什么，赵宗先阻止了她，然后转向我，说：你怎么打老奶奶，而且还是个无儿无女的老奶奶。

我没有回答他的这个问题，而是就哭这个论断进行了反驳。我快速地用袖子（上面已是相当厚度干燥的鼻屎）擦掉眼泪，说，我根本就没有哭。并反问赵宗先：笑话，难道我连一个老太婆都打不过吗？说着我还真的冷笑了起来。

张大奶奶显然不同意我的说法，她接过话头，说，不是看你是你爸爸的儿子，我让你今天就去投胎。

好了好了。赵宗先像很不耐烦似的将我和张大奶奶摁住，然后叫后者继续捡她的树枝去。等张大奶奶走远了后，他才将我领到他家的草堆后面，神秘兮兮地告诉我：他发现了石油，以后烧锅做饭，完全不用捡树枝，甚至连草堆也用不着了。

见我不信，他还从怀里掏出一包火柴，将自己家的草堆点着了。在熊熊大火的照射下，我和赵宗先一起踏着冰面过了河，抄麦田里的田间小道向江边进发。他所发现的石油就在江边。

在到达江边之前，我想介绍一下赵宗先。他比我大好多岁，初中早已毕业。不过这些年来，他每年都会参加中考。自从很多年前他爸爸为了不影响他学习而把电视机砸坏之后，他就下了一个决定，要当一名会修电视机的人。而要学会修电视机，在他看来，必须要报考无线电学校。

除了无线电，不会考任何其他学校！他曾经在喂猪的时候看着屋檐的一个蜘蛛网对我说。我对那天的蜘蛛网印象深刻（不仅有几只被绞死的小虫子挂在上面，蜘蛛本人也被自己的网给绞死了），所以对他这话也决定至死不忘。

赵宗先还有一个凸透镜，是他早年在学校物理实验室做小孔成像实验时顺手偷出来的。让他遗憾的是，他没有第二次机会去实验室偷东西了。否则他还要偷一个凹透镜。他说，那样一来，他就可以制作一个望远镜。

你将来读初中了，会不会替我偷个凹透镜？他问。

没问题，我说，只要凹透镜没被别人偷完的话。

先谢了。他说。

你太客气了。我说。

在我偷到凹透镜之前，赵宗先这个凸透镜也没闲着。我们可以在日光下让它汇聚光线，既可以点燃纸张和干草，也烫死过不少蚂蚁蛤蟆之类的小动物。有一天，他问我能否把我家那只老母狗刚刚下的那窝小狗抱出来一个试试。我觉得他这个要求并不过分。所以我们就用凸透镜烫死了那只小狗。不过，更多的时候赵宗先还是喜欢待在自己的屋子里使用凸透镜。他把它放在自己的"老二"上方，让我探过脑袋从凸透镜里看他的"老二"。

是不是很大很粗？他很骄傲地问。

确实，我承认。不过我对眼前的景象始终都很疑惑，所以不断晃动脑袋分别用肉眼和凸透镜反复观察他的"老二"。这让我想到，我们的肉眼兴许仅仅是一个凹透镜（假设凹透镜具有缩小功能的话），世界的体积很可能远远超出我们所看到的那样。

我们终于来到了江边。

江上有一些大船，也有一些小船。无论大小，它们都在远处一动不动。等我们下了大堤，穿过防护林来到沙滩上，那些刚才看到的船已经被新的一批船代替了。不过，这不值得深究。也非我们此行的目的。

你说的石油在哪儿？我其实只是好奇，并不急迫，但因为一路走来，我气喘吁吁，所以免不了还是显得过分急迫。

别急，赵宗先果然这么说，走。

我们只是沿着沙滩走。江水就像骚扰那样不厌其烦地在我们的左侧轻微地拍打着江岸或沙滩。而与其说这是江岸和沙滩，不如说是些五颜六色的垃圾更为准确。这些垃圾既有可能是船上的人扔到江上的，也可能是追随河流雨水汇集到江里的。反正，与漂流相比，它们似乎更乐意搁浅在岸边。

如果不是后来赵宗先突然大叫一声"石油"，我完全忘了这茬，我的注意力完全被垃圾所吸引：空酒瓶塑料袋塑料泡沫蔬菜水果死鱼死老鼠进了水的灯泡断了跟的高跟皮鞋软塌塌的避孕套……凡是这个世界应有的东西，江滩上都有。你很难说在这些垃圾里没有有价值的东西，譬如一包未经使用包装完整尚未进水的卫生巾。

老实说，刚开始，我对赵宗先所发现的石油感到极其失望，它们仅仅是那些混迹于垃圾中的一些接近于牛屎的黑色的不规则块状物，硬如石块，而且被牢牢地冻结在沙地上。赵宗先显然看出了我的不屑，但他只是笑而不语。捡了几块石油后，他招呼我去防护林里找些干燥的柴草。然后他将这些柴草归拢成一个火堆，再将那几块石油的其中之一小心翼翼地架在上面烧烤。

奇迹发生了。硬如石块的石油开始融化，开始在火堆里流淌。与此同时，这摊黑液滋出了朵朵蓝色火焰。这些火焰充满了力量，不会因为江风而摇曳，直直地喷着，就好像它对我最初的不信任表达愤怒似的。

怎么样？赵宗先说，就这一块能烧一个多小时。

也就是说，我问，两块就能做一顿饭？

没错。

那三块呢？

三块能把人烧成灰。这是我们之后通过实践得出的结论。

是这样的，我们为了寻找珍贵的石油沿着江边走了很远。后来我们突然看到一个人一动不动地跪在沙滩上。这是一个死人。他叩在沙滩上的头，不仅没有头发，连一丝肉也没有，是一枚雪白的骷髅。奇异在于，他被衣裤包裹的身体却肥胖臃肿。也许他生前并非胖子，是江水将他浸泡得如此肿大，或者是腐烂让他变成了胖子。现在，他被江水送到了岸边。由于严寒，腐烂也终止了。

我们刚开始对这个胖子的突然出现感到措手不及。好一会儿赵宗先才试探着接近他，用一根树枝戳他的胳肢窝。这让我觉得太痒，建议赵宗先戳他撅起的肥臀。没想到此举惊动了他体内的一只老鼠，后者从他的裤管里爬了出来，还在他的鞋帮上绊了一跤，这才慌不择路地一头扎进防护林里去了。

他为什么跪着？我问，难道他是跪着死的？

赵宗先情感丰富地认为，他应该是觉得自己的死愧对家人，所以采用了这个羞愧的姿势。

那你意思是他自杀?

这倒也不一定,无论是自杀被别人杀以及不慎落水而死,他的家人肯定是不同意他就这么死了的。

这话有点道理,不过我想了想,又问赵宗先,假如就是他家人把他弄死的呢?

赵宗先被我问住了,说我这个问题他需要回家躺在床上好好想想,过几天再告诉我。

后来就是我们觉得不应该丢下胖子就这么走了,事情既然发生了(我们遇见了胖子),不能一走了之,应该做点什么。赵宗先曾有两个提议,一是我们把他推到江里去,但考虑到他很可能会在别的地方上岸来继续跪着,所以第二个提议是我们挖个坑将他埋了。不过第二个提议操作起来比较困难,我们没有挖坑的工具,就算我们费劲在地上刨了一个足够盛装胖子的大坑,问题还在于,我们没人愿动手去移动他。所以,最后我的提议很快就在赵宗先那儿获得了通过和好评。那就是我们出让我们来之不易的石油,替胖子举行一个还算体面的火葬。

我就不再赘述我们是怎么烧的了。恶臭和黑烟也按下不表。在把胖子彻底烧成一具黑漆漆的跪姿的骨架的整个过程中(头骨仍然是白的),我们确实只用了三块石油。而当我们扛着装满石油的蛇皮口袋沿着原路返回村子的时候,结果我们发现了不对劲。

河的对岸站满了人,很多人用钉耙在河中打捞,也有两个穿及胸皮裤的家伙站在河里摸来摸去。冰面完全破碎了,我和赵宗先回不去了。

看上去情况应该是这样的：一个人也试图从冰面上过河，冰面开裂，此人掉了进去。但在将其打捞上来之前，没人知道掉到河里的人是谁。

你觉得会是谁？我问赵宗先。

会不会是张大奶奶偷听到了我们的草堆谈话？

但愿如此。

这时候，人群中一个人冲我喊了起来。没错，那是我的父亲。

他略显沮丧又兴高采烈地在对岸大喊：为什么掉进河里的不是你？！

我想以同样的音量告诉他我们发现了石油。但冰面不存，我们回不了家，只好一声不吭。

风　波

那年我的家里发生了一件大事。

一天大清早,有个从来没见过的女的敲响了我家的门。这当然只是个说法,其实我妈当时已经起来了,门是开着的,来人只是羞羞答答东张西望地进了门。所以仍然只是个说法:是我妈开了门。

要说像我妈这种乡下妇女,其实挺常见的。她们上有老下有小,每天鸡一叫就起来了。因为我奶奶很不喜欢她,加之我学到了《半夜鸡叫》这篇课文,不由得怀疑鸡叫是我奶奶在搞鬼。我多次试图爬起来戳破后者的伎俩,但总是因为醒不来而作罢。她到底有没有半夜爬起来学鸡(而且是公鸡)叫?随着她后来的死掉,彻底成了谜。只说我妈起来了,喂猪喂鸡,顺带着烧一锅粥给稍后起床的一家老小捧着碗蹲在门槛上喝。因为人多,粥很稀。当时我那个老爱给报纸投稿又无一不被退稿的二爷曾经如此描述过这种粥的外貌特征:"一吸一道沟,一吹三条浪"。就算如此,我记得父亲每次将粥喝完,还将碗举到头顶,然后让整张脸与碗保持平行,继而伸出他那紫红色的舌头,再旋转碗,这样碗中残存的一切都能被他粗大的舌头截住。哎呀，别提多庸俗了。

当然，舔碗这事不是所有人都能干出来的，条件有三，1. 你的脸要小，2. 像猪一样有一副拱嘴，3. 舌头要长。我的父亲具备了 2 和 3 两点，在当时颇让生产队里的同龄人羡慕。我说这个的意思是，那天早上来到我家的那个没见过的女的也曾蹲在麻袋附近（门槛已被我们占满）喝过我家的粥，并且在喝完后像我父亲那样舔了碗。她的舔碗条件是 1，也就是说，她的脸小得可怜。按我妈的话说叫"巴掌脸"。在普遍粗头大脸的乡下，出现这么一张脸，除了惊奇（居然有这么小的脸），就是讨厌（居然也能算个人）。

她年纪跟我妈差不多，除了脸小，还有一双肿眼眶，不时就会掉泪的样子（之后她就是这么干的）。我妈让我叫她二婶。我注意到我的二爷闻听此言曾从碗沿上方用锐利的目光端详过这个女人，不过很快就将目光收回，落在粥里了。二爷当时还没有娶到老婆，虽不跟我们住在一起，但每日三餐都会准时出现在我家，经常问我妈家里有没有妹妹。他还补充说，不一定是亲的，堂的表的都行。可惜我妈在娘家最小，而且也想不起来有什么妹妹。可能与此有关，我妈还对我们补充道，这个二婶是下竹的二婶，是她早年念书时候的同学。后来二婶嫁到了下竹，自己嫁到我家，就很少见面了。

其实我根本就不关心这个女的。喝完粥，我就背上书包要去上学。不过，在出门的时候，我又停了下来，对我妈说，妈，给我两毛钱。我妈说，又要钱，要钱干什么？我说，是你说的，我这正是长身体的时候，我怕肚子饿得吃不消将来发育不全，待会儿在学校门口买个烧饼吃吃。如你所知，此类话我经常向我妈说，可谓老调重弹，很少管用。又如你所知，这天我妈的旁边还站着一个突然冒出来的二婶，所以后者果然从怀里掏出一块大票子给了我，那对肿眼眶也因为弯腰果然掉了几滴眼泪。至于我妈是如何和她拉扯谦让的，我不知道。我拿到那一块钱就兴冲冲地去上学了。

一块钱的购买力是你现在无法想象的，我不仅买了烧饼，还买了根油条，然后将油条放置在烧饼中央，再将烧饼两头一折，夹着油条吃。这样一来，我每吃一口烧饼，也能吃到一口油条。它们在我口中翻滚，然后咕咚一声下咽。如果我称赞它是人间最美的美味的话，当然矫情。但我不对它进行赞美，我怕自己又过于虚伪。啊，好吃好吃，太好吃了。

就是这样，我的钱还没花完。我的同学赵宗先建议我到大队部的百货商店看看，他说水果硬糖一分一个，高粱饴也就两分钱一个，还有一种蛋糕，两毛钱一个。而如果我需要保养双腿的话，他可以帮我跑一趟。想起我经常上课上得好好的，被老师叫出去替他跑腿买烟的场景，我内心一阵酸楚。于是，我给了赵宗先最后三毛钱，坐在学校露天的水泥乒乓球台子上等。门房大爷把着门，赵宗先是从厕所那边爬围墙走的。爬围墙都这样，先是在这边跃起攀上围墙，然后使劲把自己拉上墙头，再两手搭着围墙让自己整个身体垂挂在墙的另一边，松手，行了。不过，赵宗先在松手之前还冲我得意地笑了一下。他彻底从围墙上消失后不久，上课铃就响了。我想，赵宗先成绩本来就差得可怕，少上一堂课不影响他差，所以我只好自己去上课。下课的时候，我继续来到乒乓球台子上等赵宗先。

在我的童年生活中，那一天本来确实应该算是美好的一天。可惜至此事情发生了变化。

直到中午放学回家吃饭，赵宗先也没有露面。对此，我很不高兴。我想，他一定是把那三毛钱花在自己身上了。他的种种劣迹也便在脑海中死尸一般漂浮起来。我记得他有一次把文艺委员外号叫老母鸡的那个女同学逼到墙角，叫嚣着要把老母鸡"办了"。还有一段时间，针对上学迟到现象的日益严重，老师鼓励"第一个到"，给佩大红花。所以那段时间，一大早的，同学们就跟争先恐后地往学校赶，就像"赶着去投胎"（我奶奶语）似的，最后纷纷拥挤在还未打开的校园大铁门外，等门房大爷开了门，大家再比奔跑速度。有一天，那个第一个到的家伙居然发现，讲台上已经有了一泡新鲜的人屎。这意味着他不是第一个到，严重挫伤了他的自尊心，但同时也提高了他的积极性。次日他半夜就从家动身，在月光的照耀下，他翻了围墙进入教室，躲在卫生角和扫帚们站在一起，这才发现昨天抢了他风头的居然是以迟到闻名全校的赵宗先。我怎么会把钱给赵宗先这种人？换言之，我怎么会和赵宗先是好朋友，难道我也是赵宗先这样的人？总之，我对自己的交友不慎，以及对自己的真实面貌感到了深重的罪恶。以后我一定要好好学习，一定要让自己和赵宗先这种人成为两种人。

但即便我暗暗立下了壮志，还是对那三毛钱久久不能释怀。回到家后，不知是因为这个，还是烧饼油条吃多了，一点食欲也没有。而且这种事，我不便向自己的父母汇报。尤其是我妈，她那么抠的一个人，如果知道我不仅把一块钱在短短半天时间就花了个精光，而且还给别人花，她一定会气疯的。好在那个二婶还在，我妈只是满怀敌意地看了我几眼，暂且没有工夫来盘问我那一块钱的下落。对我的食欲不振，她也只是习惯性地表示了不屑。二婶则抚摸着我的脑袋瓜子，问我是不是因为她这个生人在而感到害羞？

她温柔的举止既让我感到惊异，继而也让我感到委屈和难过，我真想对她说，你给我的一块钱有百分之三十被一个人骗走了，如果你重新给我补上的话，我就吃饭。但我为自己说不出口而感到羞愧，只好把头低得更低了。我都快哭了。二婶的肿眼眶则替我掉了两滴泪。

值得一提的是，当天午饭我的二爷首次没有出现。据说早上九点多的时候，他突然放下锄头从田头捡起自己的半导体（他习惯一边干农活一边听广播）就走了，他说自己要进城，并扬言"时候到了"。此外，不仅我食欲不振，我的二姐也没吃饭。

忘了说了，其实当天我二姐起得比我妈还早，她已经十五岁了，学会了骑自行车，而且还能驮得动两大筐韭菜。年龄和骑车能力决定了她经常要半夜驮两筐韭菜到城里卖。而在这个家中，会骑自行车和能驮得动两筐韭菜的人显然不止她一个。比如我的大姐，她连续两年考中专没考上，现在仍然在离家一百多里的一个补习学校上学，打算今年继续考。而我的二姐，仅仅是因为成绩和我一样差，早在小学三年级的时候就被父母打断了求学的道路。二姐始终觉得自己不笨，这一点和我一样。但她有论据，我没有。她的论据是，她的毽子踢得好，全校第一，这倒是真的。

因此，二姐和我的关系也不行。她认为父母偏心，我都已经小学五年级了，看样子还要上六年级。这公平吗？当然，这些都是过往的意见，不至于让她不吃饭。她不吃饭与这个突然冒出来的二婶有关。

前面已经说了，这个二婶是我妈的同学。

同学？二姐驮着两个空筐回到家知道情况后，问我妈，你怎么会有同学？

要死的，我妈说，我怎么就不能有同学呢。

那你读到几年级？二姐非常紧张地问。

哦，我爸幸灾乐祸并不无嘲讽口吻地说，你妈文化程度还是初小毕业呢。

他们没有注意到二姐此时已经紧张得浑身发抖。她就像鬼那样突然叫了起来：什么是初小？

当那个同样是初小毕业的从没见过的二婶向二姐解释了何为初小之后，后者一下子冲出了家门，在经过她刚刚停靠在椿树上的筐还没卸下来的自行车的时候，她还蓄意将之推倒在地。这才飞下墩子，向田里跑去。她几乎是慌不择路，居然跑到了油菜地里去了。菜花茂密，金黄一片，只见她以一个小黑点的形象在那片金黄中没有任何方向地艰难跋涉着。

这对我来说是一个机会。我说我去找二姐回来吃饭，也跟着跑了去。不知在我父母和那个二婶的眼中，是否也是一个小黑点。

我没有像二姐那样跑到油菜地里去，我只是沿着油菜地的田埂往前走。边走边喊二姐。刚开始，我的叫声还算正常。后来可能因为没吃饭，叫声气若游丝，就像油菜地是一片大湖，二姐则在一百年前即已溺死其中，而我这个弟弟也已叫了一百年，早已叫不动和不该叫了。

后来我确实叫不动了，只好顺着田埂的方向往前走。油菜地的尽头是一条灌溉渠，两旁有一些长相丑陋的柳树。我给自己编了一个解放军为了掩护自己戴的柳叶帽，用手指向几丛在风中摇曳的草开了几枪，并在灌溉渠里发现了不少鲫鱼黝黑的脊背。一条有两尺长的黑鱼还浮出了水面，它在扑子[1]。经验告诉我们，来年这条渠里会有更多的黑鱼。这终归是一件喜事。

但喜悦稍纵即逝，想到赵宗先，我还是心如刀绞。多年以后，当我想和一个姑娘谈恋爱她却不允许我跟她谈恋爱的时候，我也曾有过类似的感受。只见我徜徉在春夏之交的灌溉渠边，失魂落魄地走着。在我的前方，是一个石拱，它的作用是既保持灌溉渠的畅通，也好让人跨过渠到达另一侧。虽然石拱的一半被水淹没，但倒影使之仍呈现出一个完整的圆。没想到，我的二姐，因为身上沾满了油菜花粉，此时像一坨屎那样正坐在石拱之上，而且手上还拿着她亲手制作的毽子。

如你所知，我的二姐十分命苦，她既不能像大姐那样可以肆无忌惮地读书，不具备那种读书才能，而像我这种同样不具备读书才能的人却又提醒她其实是可以继续读书的。关于这些，自从我从小学三年级升到四年级时，她就已经哭过多回了。现在则出现了新情况，我们的妈妈居然也初小毕业，居然和二女儿的文化

---

[1] 扑子，方言，指产卵。

程度处在伯仲之间。新仇旧恨，我的二姐说她不想活了。

二姐，我并非仅仅是安慰她，我说，如果不是他们逼我，我早就不想上学了。

那你干吗？

捉鱼啊，我指了指刚才黑鱼漂浮的地方。

她愤怒地将手中的毽子扔向我手指的方向，恶狠狠地说，让你捉鱼，哪有那么多鱼给你捉！

有，放心，它们扑子了。

她没有作声。

过了好一会儿。我假装像想起什么似的问，二姐，今天城里还是有好多人吗？

是，好多。她延续着自己的愤怒说，一个戴眼镜的男的，还撞了我。

疼吗，撞哪儿了？

二姐不耐烦地指了指自己日渐隆起的胸脯。

我不知道该说什么了，其实我想找个人说说赵宗先拿走我三毛钱的事情。赵宗先，他在哪儿呢？他是不是像我的二爷那样进了城？但这叫我从何说起，只好和二姐这么坐在石拱上。正午的阳光照在我们的头顶，我们的影子则被我们完整地坐在了屁股下。

不知过了多久，二姐突然把我的柳条帽拿走戴在了自己头上，冷笑了起来。

你知道这个女的是谁吗？她说。

哪个女的，你是说那个二婶吗？

什么二婶，二姐极其不屑地说道，她，是，你，的，丈，母，娘。

各位，就算是今天，一个突然来到你家的中年妇女被人说成你丈母娘，你也会震惊不已，何况当年我还是一个少年儿童。我的二姐毕竟比我大好几岁，她知道我们这个家的一些秘密，出于报复我们的妈妈，她不打算再保守秘密。多年以后，我才知道，这也是我们这个家唯一的秘密。据说还在我吃奶的时候，我妈曾和这个二婶见过一次，当时后者怀中也有一个吃奶的小孩，只是那个小孩是个女娃。我妈和二婶当时商议，能否等她们怀中的孩子长大后结为夫妻？据说为此她们还曾经当场交换了一下小孩吃自己的奶，以此表达诚意。我爸和二婶丈夫当然也觉得这个想法没什么不好。问题是，此时此刻我还是个儿童，在即将到来的夏天很可能还会像往年一样被长辈调侃说长大了娶不到老婆。我岂能想到我根本不需要长大就已经有了丈母娘，有了老婆。如果我没记错的话，我的阴毛是在初中二年级学习《大铁椎传》那会儿开始长出来的，那时候我总是苦于始终处于勃起状态。而且那还是个冬天，为了掩饰勃起，下课我也不会出去上厕所晒太阳，这使我在以后的人生中成为了一个别人眼中内向寡言的人。这就不说了。如果我的二姐能够将这个消息在三年后告诉我的话，我可能会另有感受。或许我会鼓起勇气亲赴下竹一趟，看望我的未婚妻，让她告诉我如何制止这种无穷无尽的勃起状态。

我小时候见过那个小姑娘，二姐说，长得还挺好看的。

妈那儿还有照片呢，二姐说，长大了肯定比刘晓庆还好看。

跟你一点也不般配，二姐说，听说人家都读初中了。

最后，二姐说，你知道吗，她刚刚死了。

梦　境

上面是公路，下面是一个水塘。我站在坡地上。看上去既像要到水塘边看个究竟，也像要爬上公路离开。这时候，两个男的向我这边走了过来。因为是坡地，因为并排走着，他们一高一矮。高的高得出奇，矮的矮得可怕。如果不是坡地，他们仍然一高一矮，这简直是肯定的，我想。

好像是怕我跑了似的，高的开始跑了起来，他一边跑还一边喊：

站住。

我一动不动，以此反驳他认为我想跑的观点。我感觉到有蚂蚱之类的虫子从我的脚背上跳来跳去。有一个没跳好，进了我的裤管。很痒，我仍然没动。

看来一个人在坡地上跑只是动作，并无速度和意义。高的和矮的几乎是同时站在了我的面前。

有什么事吗？我问。

他们互相递了个眼色，似乎在谦让。然后矮的说，你知道这是什么地方吗?

不知道。

不知道?高的说,不知道还来?

路过啊,说着我还努了努嘴,让他们留意我斜放在坡顶的自行车。虽然从坡底看去,自行车的大部分被草所覆盖,但车把和半个轮子还是清晰可见的。

这是厂房重地!高的底气十足地说,他好像是学我的样子向我的背后也努了努嘴说,你来的时候没看到那个牌子?闲人莫入!

我回头看了眼,几个大白罐子耸立在我的来路,有铁门,敞着的,有门房,没门卫。至于牌子,我确实没印象了。

你是不是想喝这个水?矮的指了指水塘问。

没有,我自己带了,说着我从牛仔裤屁股兜里取出我的矿泉水瓶子。不过,瓶子里显然已经没有什么水了,这让我一下子难堪了起来。

他们显然也看到了我的矿泉水瓶子,表情十分得意。矮的继续说,我告诉你,这个水不能喝,喝了会死人。

我不禁看了眼水塘,清澈见底,水草像被微风吹拂那样朝一个方向摆动,一些若隐若现的鱼类搅动了点点涟漪。

不信,高的对矮的说,他不信。

这话让我不舒服,我赶紧说,我没有不信。

他罔顾我的解释,继续说,你就是不信我知道。你信不信,你喝一口马上就会死。

为什么?说完我后悔了,因为看起来我确实不信。

没有为什么。不信你喝一口试试。

矮的听到这话，捅了下同伴，对我说，他开玩笑的，千万不能喝。

我没有要喝啊。我感到烦躁。

去年有个人，喝了，死了，真的。

也是男的。好像跟他差不多年纪我记得，是不是？高的问矮的。

比他小点吧，矮的不确定，问我，你有三十吗？

关你什么事。我决定不再理他们，于是上坡顶，扶起我的自行车准备走。他们也跟着我上了坡顶。

在我上坡顶以及扶起自行车的整个过程中，高的说：又不是老妇女，年龄还保密？

我的自行车并不好，除了没有撑子，还老掉链子。果然，我扶正自行车后，发现链子果然掉了。这不麻烦，我蹲下身，一手扶着自行车，另一只手在地上随便找根树枝去拨弄即可。不过，高的却用双手替我扶住了自行车，我只好很不情愿地将扶车的手松开。矮的则蹲在自行车的另一边看着我弄。我找到的树枝可能太粗了，所以矮的递给我一根粗细正好的。上好链子，我对他们说了声谢谢。他们再次互相递了个眼色。

我觉得你的链子还会掉你信不信？高的说。

我知道。说着我快速地跨上了自行车，使劲蹬了两下。链条发出痛苦的呻吟，似乎故意是让身后的两个家伙听见。我可以感觉到他们站在原处，目送我离开。

通往厂外的水泥路大概长年被重负荷卡车碾压，坑坑洼洼，前些天下的雨还残存在这些坑洼中。颠簸确实更容易掉链子，之前进来的时候，我是推着车走的，现在如此迫不及待，无非是想早点摆脱身后那两个家伙。所以，没走多远，链子确实又掉了。

和刚才一样，高的替我扶车，矮的蹲在自行车对面看我弄，后者递来的树枝也是之前的。不同之处是，高的说，我们那有工具，可以帮你紧一紧。他还指着矮的表示，后者以前是摆过修车摊的老师傅。

是不是？他对着矮的问，你是不是修过车？

隔着自行车三角形的大杠，矮的脸红了。他似乎羞于别人提起往事那样，闭着眼睛很不耐烦地一连说了三个以上的"是"：是是是……

怎么样？去不去，也不远。

确实不远，在他们的身后一百米外，有成排成排一模一样的简易平房，白墙蓝顶。最前面那排平房前还晾着一些衣服。虽然太阳很好，因为没有风，这些衣服晒了一整天还很湿很沉重那样垂挂在那里静止不动。

我想了想，同意了他们所请。将链条紧一紧，老实说，也是我的夙愿。

高的非常坚决地要求替我推车，我只好听凭他的好意。矮的则跟在我的身后，这样一来，我被他们二人一前一后，外加右侧的自行车三面包围。如果我想跑的话，只有左边，而左边正是他们所说的有毒的水塘。

在简易平房前，高的将我的车靠在墙上。我注意到那里还停靠着其他几辆自行车，但因为停靠时间太长，风吹雨打，都锈得不成样子，车胎瘪得不仅一点气也没有，甚至还长出了草。

我不愿意进他们的屋子。他们表示也好。"里面太脏太乱，空气也不好。"高的从里面搬出一条长凳，邀请我和他并列坐在上面。矮的则进去找出一些工具，有锤子、老虎钳，以及红把手的起子。此外就是他还找来一个油漆桶，倒扣在地上当板凳坐。他就这么坐在那里给链条上紧，我和高的则坐在长凳上看着他。

多久能弄好？我问。

很快，坐在我旁边的人说。

然后我们也就没什么话可说了。出于无聊，我开始打量自己所能看到的东西。我们前面，也就是在白色大罐子和身后的简易平房之间，堆积着一些乱七八糟不明所以的东西。有些东西被军绿色的油毡布严严实实地盖着，另一些没盖着的则是一些成捆成捆的钢筋。在这些事物之间则是杂草，蚂蚱那样的昆虫在里面跳来跳去。傍晚的阳光使它们的身影和动作非常清晰。再往上，则是云，白色的、粉色的和红色的云。照理说它们应该在飘，我没有盯着这些云看，所以它们并没有飘动的迹象，就像画在天上的一样。我感到有点困。

别睡着了，高的说。

没有，我说。

现在睡着了，晚上会睡不着。

是。我没睡着。

不过，晚上睡不着也没什么，睡不着就不睡。

我不知道怎么接这个话，只好笑笑。然后看了眼矮的在乒乒乓乓地忙，不知是不是因为矮的缘故，他的背很胖。

　　我再次问，什么时候能搞好？

　　快了。还是高的说。

　　我之所以焦急，是以为天会很快黑下来，结果天一直没有黑。矮的不仅帮我修好了车，这时候还从水塘那边冒出了另一个人头。看不清他的脸，只见他向我们使劲挥手，就像他是我们共同的朋友。

复　仇

两个女的一前一后走了进来。一个胸大，另一个必然胸小。

胸大的 A 说，我们找李瑞强。

显然，她们是一伙的，跟我们一样。但王龙虾还是问那个胸小的 B，那么，你找谁？

后者瞟了王龙虾一眼。这个眼神让王龙虾有理由相信，二十多年来，她总是会在世界各个角落遇到王龙虾这样的人。她已经受够了。

不好意思，李瑞强不在。坐在角落阴影里的李瑞强说。他甚至还将身体往前探了探，让多一点光线照到自己的脸。

不在？A 说，我们可以等。于是她示意同伴和她一起找地方坐。确实有一条长凳一直空在那儿，之前大家都不理解这条长凳存的目的。为了打发时间，王龙虾还一度将凳子搬到屋子中间，然后屈膝立定，从板凳这边蹦到那边，继而相反。他的弹跳力让大家很烦。在王龙虾再次弹跳起来的瞬间，李瑞强突然抽走了那条长凳。这差点让前者一头栽到地上。他们并没有为此事过度争执。长凳回到原来的位置。现在看来，它好像一直在等她们将屁股落在上面。

你们认识李瑞强吗？李瑞强问。
你觉得呢？A反问。
我觉得你们应该认识。
王龙虾则说，你们找李瑞强有什么事吗？
待会儿他来了你就知道了。
你们叫什么？
李瑞强会告诉你们。
喝点水吧。李瑞强说，并起身去倒水。但他发现热水瓶已经空了。整整一个下午，王龙虾除了蹦板凳，就是一直在喝水，还不断上厕所，他真是制造了太多的声音。李瑞强觉得自己应该叫王龙虾去烧水，但他还是自己去烧了。他看着火苗，心情十分恼怒，但这感觉好像也并不坏。

在水烧开之前，他靠着厨房门和她们说话。这使他看上去十分敬业，仿佛不如此，身后煤气灶上的壶随时就会烧干以至爆炸。
李瑞强什么时候回来？她们问。
李瑞强从口袋掏出手机看看时间，比较肯定地说，应该快了。
那可说不准，王龙虾对此并不同意，他说，李瑞强这小子很难说的，不定又在什么地方绊住了。昨天……
李瑞强打断他的话，问，你好像对李瑞强有意见？
瞧你说的，我怎么会有意见，大家多少年朋友，你才有意见呢。
A好奇地问王龙虾，昨天，昨天怎么了？

昨天，也是这时候，李瑞强出门去买洗发水。我们的洗发水早就用完了，一直用肥皂洗，洗得我头发都打结了，你看。所以我们要买洗发水。我说，李瑞强，你去买一瓶洗发水吧。李瑞强说，那你出钱。我说，没问题。他就去买洗发水了。但直到今天早上他才回来，而且没买洗发水。你知道他干吗去了吗？

　　我怎么知道呢。A说。

　　你呢，王龙虾对B问道，你也猜猜看。

　　后者的表情就像没听见一样。

　　李瑞强在一旁代答道，是这样的，李瑞强碰到一个熟人，喝酒去了。喝了一夜，当然也忘了买洗发水。

　　你们觉得李瑞强这么轻描淡写地解释一通，值得相信吗？王龙虾说，这显然是骗人的鬼话。

　　那你觉得他去干吗了？ A说。

　　王龙虾说，那我怎么能够知道呢，谁知道他干吗去了，谁管他干吗去了，他想干吗干吗关我屁事。

　　李瑞强说，那你头头是道个什么劲儿呢。

　　王龙虾说，但你很清楚，他到现在也没有把钱还给我对不对？

　　这时候，水壶发出了呼哨声。

　　她们喝上了开水，李瑞强还放了一撮茶叶。

　　真不错。A说。

　　你是说茶叶吗？王龙虾说，这茶叶是我从老家带来的。

　　是吗？ A说，你老家哪儿？

　　溧阳，知道吗？

知道，这就是著名的溧阳白茶吗？

那倒不是，只是我父母自己炒的，样子一般，口感还行。对了，你们哪儿的老家？

沈阳，A说。

这话有可能说明她俩都是沈阳的，也有可能仅仅A是。

沈阳出不出茶叶？王龙虾问。

沈阳啥也不出，A说，只出了个李瑞强。

天已经很暗了，李瑞强不得不开灯。陡然的光线使大家都陷入了沉默。而且强光还使他们羞于观察对方，因为这么做，既暴露了观察，也暴露了己方。不过王龙虾还是明显认识到那个一直没说话的B胸并不小。A是因为略胖而已。B身材苗条，偶尔直起身时暴露了胸前的紧绷。所以现在她们分别是胖子和瘦子。

要不，我们一起出去吃晚饭吧。李瑞强说。

不了，胖子说，我们不饿，就在这儿等。

我也不饿。王龙虾说。

好吧，那我出去吃饭了。李瑞强说着还转向两个女的，你们有没有想吃的，我可以给你们带上来。

谢谢，不用了，我们不饿。

李瑞强出了门后，王龙虾邀请她们和自己一起坐到沙发上。但胖子表示她们已经习惯了长凳。

我还是好奇，王龙虾说，你们到底找李瑞强干什么？

胖子说，这个问题你已经问过了。

是，难道就不能告诉我吗？

不能。

我可不可以猜？

可以。

你们，或者你或者她，曾经是李瑞强的女朋友？

不是。

远房亲戚？

也不是。

你们并不认识李瑞强，对不对？王龙虾说。

这么说，胖子警惕性很高地说道，刚才那人就是李瑞强？

想到为友之道，王龙虾觉得自己说漏了嘴，赶紧说，我可没那么说。

这时候，胖子看了眼瘦子，瘦子也看了眼胖子。胖子说，那么，你叫王龙虾？

闻听此言，王龙虾感到相当震惊。他还从沙发上蹦了起来，然后向后退了几步，把自己逼到了一个角落，说，你你你们到底是什么人？

胖子和瘦子再次互相看看。并还互相点了点头。

你桌（坐）好！瘦子从长凳一侧打算站起身，提醒胖子往中间坐坐，别因为她的突然起立而让长凳一方翘了起来跌坏了胖子。胖子感激地点点头，果真朝中间坐了坐。这是瘦子第一次开口说话，东北楂子味儿真是扑面而来。

她的第二句话，也是王龙虾此生听到的最后一句话是，王龙虾，你的屎期到了。

台风之夜

星期天的下午,台风来了,开始下起了大雨。这样的大雨李瑞强还是第一次看见。事后新闻报道也证实了李瑞强的这一观感。据说在市区某些地方,有几棵大树被狂风吹倒,砸中了民居,有一个守寡七十多年的老太太因此命丧黄泉。还有一些简易建筑的屋顶被掀翻。杨波说:"可以想见的场景是,如果在屋顶被掀翻的那一刻,从高空俯瞰,上帝或者什么神,肯定可以直视床上还有一对纠缠在一起的男女。"总之,这场狂风骤雨给这个城市造成了不小的损失,让本不足道的生活陡然出现了一点让人欣喜的意外。只是可惜这些都没有发生在李瑞强亲眼目睹之中。他甚至也没有看到杨波告诉他的那些画面:因为城市排灌不及,低洼处聚集了大量的雨水,这迫使街上很多姑娘将裙子提到大腿根在走路。

刚开始李瑞强当然站在家中看着窗外的狂风骤雨啧啧称奇,后来才发现自己家也受到了影响。因为风的关系,大雨溯入了防雨棚,打湿了阳台,雨水透过砖缝和塑钢窗的缝隙,进到了家里,在阳台内侧的墙壁上制造了许多水泡。如同人身上的水泡一样，李瑞强用手指轻轻一戳，水就流了出来，顺着墙壁流到了地板缝里，在白色乳胶漆涂就的墙壁上留下了一道道难看的轨迹。当然，李瑞强不挤它们的话，它们也会破裂，并以上述方式流到地板缝里。这可是实木地板。李瑞强至今还记得自己装修时选择在卧室铺上实木地板的决心和价格，后者还有他保留至今的发票为证。实木地板确实好，李瑞强不止一次向家里只铺了地砖和复合地板的杨波推荐。像这样的夏天，连席子都不用铺，可以直接躺地板上。每说到此处，李瑞强都将双手合十，然后放在自己某边宽大的腮帮子底下。杨波当然也希望自己家是实木地板，卫生间和厨房我还想铺实木地板呢，杨波说着就噘起了粉红色的小嘴，表示那笔开销不仅是他无力承担的，而且是他那位以勤俭著称的妻子所深恶痛绝的。

  这下好了，如果李瑞强不盯着这些源源不断从墙体内部渗出的雨水，他的实木地板就会毁于一旦。他必须及时用拧干的抹布将这些雨水吸干，然后再拧干，再吸，如此反复。但这样恶劣的天气如此尴尬的情况就目前看来，仅此一例，李瑞强没有那么多抹布。他不得不从衣橱里找这样的急用抹布。幸运的是，他确实有好几条磨出了洞的内裤，而且还是棉的，具有强大的吸水功能。其中一条还是他前女友给买的。前女友当时其实给他买了一对，也就是两条。为了表达对她的爱，有那么较长一段时间，他只穿这两条内裤。然后迅速将它们穿得松松垮垮，继而出现破洞。内裤上的破洞到底是如何形成的？这也是李瑞强苦苦思索的重大人生问题，尤其是和前女友分手之后。这一困惑也源自与衬衫和T恤的对比，我们很少看到它们因为穿久了而出现洞。当杨波表示自己的内裤不仅也有洞而且现在穿的就是有洞的内裤时，李瑞强似乎更加困惑了。随着婚姻的到来，李瑞强居然放弃了自己在内裤破洞问题上的深究精神。现在，外面的台风和暴雨，一下子使他宿命般地再次遭遇了这个问题。

李瑞强几乎一夜未眠，我们认为他是要保护实木地板。但他坚称是又沉溺于该问题的泥沼不能自拔的缘故。当暴雨终于式微，筋疲力尽的李瑞强一屁股瘫坐在地板上，他发现，妻子早已酣睡，而俯身观望，自己去年春天刚买的内裤，居然又在睾丸处破了一个洞。如果不是考虑自己是一条年近四十、阴毛和胸毛连为一体的壮汉，他就要哭了。他洗了个澡，脱下了这条内裤，然后来到厨房，打开抽油烟机忧郁地抽了一支烟。在烟头快要烧到过滤嘴的时候，他狠狠吸了一口，用力地将烟头摁在一只路过的蟑螂身上，认真地告诉自己：明天要找杨波聊聊。

杨波家的情况要比李瑞强好点。早在台风来一个星期前，他的妻子就通过电视和网络知道了台风光临的准确时间。因为心知肚明，她在当天上午还手洗了一大盆衣服（当然包括杨波的那些网兜似的内裤），不过，她考虑到阴天湿热下午台风要来等因素，她还是打开洗衣机的布罩子，启动洗衣机的甩干程序将洗好的衣服甩干。洗衣机甩干的衣服，正好晾到中午全部干了。她不急不忙地将衣服收回叠好，这时候她才捋了捋额头跌落在眼前的长发，抬起头来，外面已经有塑料袋在台风前哨中飘了起来。

应妻子的告诫，杨波此时刚好把所有的门窗关紧。有一扇换气窗因为长期不关生了锈，很是费了杨波一把子力气。他找出了红把手的起子、老虎钳子,并还瞒着妻子给换气窗轴承上了点色拉油,但都无济于事。后来他灵机一动,想到中学物理中讲的杠杆原理,才使用拖把将那扇该死的窗户关上。如果妻子在收叠衣服的时候稍稍看一眼丈夫,就会发现,杨波在对付那扇换气窗时,先是胳肢窝和裤裆里颜色越来越深,之后才是背部和胸口出汗。不过,她并没有看。所以丈夫后来满身大汗地站在她面前,征求她能否开一下电风扇时,她完全以为杨波是在和自己调情,起码也是幽默,所以未予回答。杨波确实感到呼吸困难。因为自己的劳作,外面狂风暴雨,家里却像个罐头,连蚊香的烟雾都是垂直上升。之前一直在床上哭喊的孩子,此时也在汗水的浸泡下沉沉睡去。(杨波妻子有足够的经验和时间在小家伙被汗水淹死之前将他捞起来)。见没有答复,杨波误认为妻子默许,他径直走到电风扇前(路过了空调遥控器),想掀开电风扇布罩子,这再次费了杨波好大一把子力气,因为布罩子的绑带被打成了死结。就在杨波因为打不开死结想像年轻时候对付妻子那样撕开布罩子的时候,一阵让人惬意的微风在他汗津津的背上吹拂了起来。杨波发出了一声呻吟,回头一看,正是自己贤惠的妻子,她摇着一把扇子为丈夫扇起了风。

"亲爱的,你对我真是太好了。"杨波用山西普通话说。

"亲爱的,谁叫额是你的婆姨哩。"其妻用陕西话说。

后者也觉得家里挺闷的,所以她要求丈夫在自己左边坐下来,这样一来,她扇出的风会穿过自己的胳肢窝,途经空荡荡的胸罩,最后落在丈夫身上。"我们手动扇出的风浪费在一个人身上是不道德的。"杨波后来在自传中总结道。当然,很快妻子的右手就累了，换左手时，杨波就需要和她调换座位。另外，也不能总是让妻子劳动，杨波也会接过扇柄如法炮制。只见这对恩爱的夫妻在家中不断调换座位，被台风拔地而起的人才会在他们的窗前（25楼）看到这感人的一幕。可惜台风没有这么大的力量，很多人在24楼以下起起伏伏，最后无一例外地摔死在水泥地上，死得极其绝望。

他们的孩子也醒来过一次，照例是哭。可能是饿醒了。不过，一、外面的风声太大了，盖过了这微不足道的哭声；二、妻子认为，他们仍然对昨天的晚餐记忆犹新，这种回忆比吃一顿新的要美好得多；三、虽然家里像一个罐头，空气越来越稀薄，但他们还是能够感受到大楼的摇晃，已经19个月的孩子很快误以为这是幸福的襁褓生活，就再次睡着不哭了。

次日雨过天晴，杨波确实接到了李瑞强的电话。但他们没有见面聊。仅仅是电话。

李瑞强：杨波您好。

杨波：呃，瑞强，大家好才是真的好。

瑞强：台风挺大的。

杨波：确实不小。

瑞强：有损失吗？

杨波：还没吃。

瑞强：我觉得自己挺忧郁的。

杨波：梦见什么都没问题。

瑞强：活着为什么这么麻烦？

杨波：我老婆后来被我像放风筝一样放了。

瑞强：刚才我在电梯里看到一个女的。

杨波：我儿子也不尿床了。

瑞强：那个女的本来就这么站着，两个脚尖向外撇着。

杨波：还好都不是真的。

瑞强：我进去了，她就改内八字了。

杨波：醒来后我挺难过的。

瑞强：她到底想干什么？

一万年后……

如果不是不会开车，杨波觉得自己大概会买一辆车。因为从小学一年级开始，他就不爱学习了。而掌握驾驶技术，是需要学习的。听到那些学会开车的人谈论驾校那些粗暴的教练的时候，他觉得这和一群毕业多年的人在所谓的同学聚会上谈论老师是一个道理。只是前者要比后者更真切。教练是用来痛恨和咒骂的，这绝对没错，老师亦然。只是随着时间的流逝以及部分老师争先恐后地死掉，人们居然在言谈中开始滋生了温情，顺便还体会到了师恩。这在杨波看来，是毫无必要的。

杨波对于坐公共交通工具去上班这件事，已经忍无可忍。这倒不是拥挤的原因。拥挤才对，无论是在公交车上或者地铁上，只要不出人命，男女老幼挤在一起有什么不好呢？难道车外的空气质量真的比车内好，马路上的人、荒郊野岭中的畜生真的比车上的人素质高？那些终于挤上车并找到一个适合自己的位置的人总会松一口气，杨波就是这么干的。而那些终于到站挤下车的家伙，居然也会松一口气，这就不对了。早些年，杨波还擅长挤到个漂亮姑娘的身边，这两年，他不这么干了。就算占到便宜，又怎样？在杨波看来，这并不比吃饭和上班更有趣，或者一样无趣。

不能容忍的是最近他发现地铁上开始有人捧着一本书在读。刚开始，这种人还以那种打扮得比较有文化的家伙为主，后来一些赶时髦的少男少女也这么干。发展到最后，全车厢的人几乎都在看书，包括那些帽子上全是涂料的装修工、拎着电锯的杀人犯、抱着还未满月婴儿的孕妇、长着两个头的残疾人（这种人需要一头一本看两本书），等等。确实，正如知识分子曾经痛心疾首的那样，中国人的阅读量在全世界排名靠后，在杨波有限的出国经历中，西方人也确实喜欢像人类不分季节交配那样不分场所地看书。此外，杨波也承认，这个世界上确实存在着好玩有趣的书。但是，比较起中国知识分子痛心疾首的样子，也就是一个无论戴不戴眼镜的家伙，坐拥书城，在自己装修考究的书房里待着，喝茶阅读写作什么的，总之挺享受的，结果此人居然不好好享受自己的生活，而为街上疲于奔命挤来挤去的人不捧着一本书读而痛心疾首。试想，这世上还有比这事更有趣的吗？而现在，人们显然被知识分子的痛心疾首所打动，从而羞愧了起来，转而捧上了书。照这样下去，实现共产主义都极有可能。怎么办？这太让杨波惶恐不安了。

所以，为了不看到那些捧着书读的乘客，杨波试着打过几次车，但因为他住得很远，比较费钱，很难坚持下来。他也骑过自行车，还是因为太远，等他骑到单位，别人都下班了。摩托车不是没有考虑过，但禁摩令还在生效。虽然禁摩令最终会和美国 20 世纪初的禁酒令一样被终止，而且这些年来挑战禁摩令的犯罪分子也层出不穷，守法公民杨波倒并不奢望自己在有生之年能搞辆摩托骑骑。没有办法，杨波最后只好自己也揣上一本书出门了。

这本书叙述了以下的故事。

2011 年的春天，和往年的春天相似。并没有引起李瑞强的注意。他还是像往年那样，白天去工作，晚上回来和女朋友李瑞英做饭吃。谁做饭和谁洗碗这一直没有确定下来，所以几乎每天晚上，二人都会为此发生争执。但这一点问题都没有，无论最后谁干活，二人总会端着鼓鼓的腹部准时坐到电视机前看会儿睡前电视，并交流一下对电视的看法。

注意到没有，李瑞强说，现在的电视机为什么没有天线呢？

李瑞英说，是啊，全世界的有线电视是不是都这样？

李瑞强说，我觉得美国人看的电视可能比我们好点。

李瑞英表示反对，因为她知道，全世界的电视机都是中国人制造的。

那你说说，买电视机的时候，你为什么一定要挑这个？李瑞强不服气地问道。

因为我喜欢灰色，李瑞英答道，另外这种外壳线条挺简洁的，比较……

好吧好吧，李瑞强心情灰暗地打断女朋友的话，换了一个话题，说，如果没有电视，你觉得我现在会干什么？

这个，我真不知道。李瑞英答道。

李瑞强说，不妨猜猜看嘛。

李瑞英想了想，说，做爱？

前年春天不是刚弄过嘛。

听半导体？

不。

仰卧起坐？

也不。

出去遛弯儿？

你真笨，李瑞强头摇得跟拨浪鼓似的，从沙发内部直起身子，带着哭腔沮丧地说道，你怎么就猜不到我的所思所想呢？你到底是不是我女朋友？

为了证明自己是李瑞强所爱的人，是他独一无二的女朋友，李瑞英这次没有大意和草率，而是认真思考了起来。为了使思考能够深入，她还将电视调到静音状态，然后背对着李瑞强，扶着自己宽阔的腮帮子想了足足有十分钟，这才惊喜地回转身体，说，睡觉，是睡觉，对不对？

见被猜中心思，李瑞强也很高兴，一把将自己的女朋友拥入怀中，在后者嘴唇上深情地啄了一下，说，亲爱的，就是这样，要努力，只有努力才能解决问题，我们一定要努力地生活，好吗？

嗯。李瑞英在他的怀中点了点头。

以上就是李瑞强平淡的幸福生活。但有一天却发生了重大事故。

这天晚上,他回到家后,一如既往发现冷锅冰灶,正准备和女朋友商量谁来做饭的时候,李瑞英已抢先开口,说,你买盐了吗?

不是昨天刚买了一包盐吗?怎么,你全吃了?

不是,李瑞英拉着他来到电视机前,让他先看电视。这是以前没有发生过的,因为他们平时只在晚饭后才看电视。

李瑞强认真看了看电视,并没有看出与以往的不同之处。还是没有天线,外壳也仍然是李瑞英喜欢的灰色。

到底怎么了嘛。李瑞强在电视和李瑞英那张大脸间来回看了数遍,问。

因为事情紧急,李瑞英没有和李瑞强玩那种猜猜看的游戏,而是慌慌张张语无伦次但基本把自己想说的东西说清楚了。她的意思是,日本发生了核泄漏,这是她让他看电视的原因,而核泄漏已经污染到了中国,整栋楼整个小区,乃至整个中国,所有人都在买盐,因为所有人都相信吃盐能抗辐射。如果李瑞强再不抓紧时间去小卖部买盐,既不能使他们抗辐射,在未来的日子里,二人做晚饭的时候也不能放盐。

盐都被人买光啦!说着说着,李瑞英就惊叫了起来,没有盐,就买咸菜,快!

老实说,李瑞强也被这个新闻吓坏了。他也不想自己遭受辐射,更不希望烧菜没有盐。

多年前参加过奥数比赛的李瑞强有着超人般的记忆力,他谦虚地说,如果我的记忆还是值得信任的话,遭受辐射,会导致以下症状：疲劳、头昏、失眠、皮肤发红、溃疡、出血、脱发、白血病、呕吐、腹泻等。有时还会增加癌症、畸变、遗传性病变发生率，影响几代人的健康。而没有盐吃的话，会导致以下恶果：胎儿期胎儿发育不良，脑和神经发育障碍，重者造成大脑发育不可逆转损害——克汀病、亚克汀病，出生后表现为身材矮小、黏液水肿，不同程度的智力伤残直至白痴，单纯性耳聋，斜视，步态共济失调等。新生儿及婴幼儿期甲状腺肿，先天性甲状腺功能减退症，反应迟钝，自身运动能力、智力和生长发育落后。儿童及青春期甲状腺肿，生长发育落后和智力功能障碍。成人期甲状腺肿，甲状腺功能低下，贫血。食欲减退，无力、易疲劳、体能下降等。如果妇女严重缺碘，可造成月经异常、不孕、流产、早产、死亡和胎儿先天畸形等。

背诵完这些，李瑞强并没有夺门而出，冲向小卖部，而是疲惫地垂下了头。他可以想象得出，小卖部里的盐早已卖完，没有盐，小卖部将毫无意义，其空空荡荡未必属实，但绝对接近其本质。他一屁股瘫坐在地，任凭李瑞英如何摇晃，绝望地再也不愿多说一句话。

他的绝望不仅包括意识到自己即将死去，也包括李瑞英想到买盐而没想到她自己也可以去买盐。但在死之前，他决定谅解女朋友，毕竟，她将是他死之前唯一在身边的人，而且还可能一同死去。

晚了，李瑞强最后说道，一切都太晚了。

李瑞英也恍然大悟，先是哀伤地哭了两个小时，然后呆呆地坐在地上。

为了在死之前珍惜活着的资源，他们后来整整煮了一锅饭，并将家里所能找到的盐全部放了进去。吃完饭之后，他们还发现对方也算资源，需要物尽其用。所以他们开始做爱。当李瑞强确实爬不起来后，他这才靠在床头抽烟。盐的齁味和烟味混合在一起，极其古怪。但非常吻合他们濒死的心境。这反而让他们不再悲伤，感受到了某种坦然和从容。确实，在做爱过程中，他们甚至连窗户都没关。现在，他们躺在床上就可以看到屋外的天空，一会儿绯红一会儿暗红一会儿紫红，总之是红。这在他们看来，与核泄露应该有密不可分的联系。以害羞和谨慎著称的李瑞英甚至不再像往常那样在事后急着穿上内裤，而是就这么光着爬下了床。然后来到窗前仰望红色的夜空，就像一个油画中的裸妇那样在审视一片阳光照耀下的花园。这确实够美的。

　　李瑞强不想破坏这一切，但他还是用最后两丝力气之一开口问道：亲爱的，有句话不知该讲还是不该讲？

　　亲爱的，李瑞英没有回头，就这么趴在窗边背对着李瑞强说，我们都快死了，你想说什么就说吧。

　　李瑞强口干舌燥，用最后两丝力气之二说道，亲爱的，你还是把内裤穿上吧。

这就是我家的玉米地

也不知道多少年前了。每到暑假,胡晗都会匆匆地将暑假作业提前做好,然后沉浸在无所事事之中。除了和酷暑搏斗,他也尝试过干点别的。比如去同学家串门(后因同学家的母亲或姐妹总是穿着大花裤裙不便见他,只好作罢),或者和一个叫黄安徽的家伙步行很远,到邻村那边去"搞点吃的"(黄安徽语)。不知道为什么,和胡晗父母以及他们整个村子里的人想法不同,邻村人似乎更会种田。他们不仅种小麦、水稻、玉米、黄豆等粮食作物以及各家门前都经营着一片菜园,邻村人还学会了种植葡萄、西瓜等经济作物。一些体型高大的狼狗气喘吁吁地被拴在这些地里。此外,在那些葡萄和西瓜田前,还成片成片地生长着高大的桑树,上面挂满了红得发黑的桑葚。这些桑树都是野生的。

如果狗叫,我们就吃桑葚。黄安徽说。

桑葚也好吃。胡晗说。

于是在午后,太阳最毒的那会儿,趁着所有人午睡之际,二人上路了。去邻村有很多路可走,但黄安徽总是选择沿着河岸走。一些娇小的青蛙在他们的脚步前方扑通扑通地跳入河中。偶尔黄安徽还会突然示意胡晗停下来，因为他发现了靠近河岸的水草中有一条黝黑的鱼背。黄安徽认为如果自己有一柄钢叉的话，那些鱼是肯定可以被他搞上来的。但是，这些鱼始终漂浮在胡晗的记忆中，从来没有和黄安徽发生过关系。

看瓜人或者看葡萄的人也在午睡。他们先吃桑葚，并摇晃桑树，搞出了很大声响。于是狼狗叫了起来，把看瓜人叫了起来。后者发现两个被晒得通红的小子站在树上吃桑葚，吃得嘴唇发紫，并没有染指他的西瓜和葡萄，无不非常失望愤恨地消失在田里了。

别急，他躲起来了。黄安徽说。

果然，过了好一会儿，从瓜地里立起一个人影，正是看瓜人，他确实受不了晒了。不过，葡萄地则要难办得多。葡萄果实累累，蓝色的波尔多液涂抹着这些果实，加之枝繁叶茂，足以将看葡萄的人掩藏起来并遮挡阳光。

黄安徽说，下树。二人先后跳下桑树。然后胡晗向葡萄地逼近。他确实看到看葡萄的家伙正在两垄葡萄架之间蹲着抽烟，他迅速到另外两垄葡萄架那边，看葡萄的人果然也迅速地出现在他的视线中。如是再三，看葡萄的家伙已经忍不住了，他开始向胡晗这边走过来。胡晗只好赶紧离开，并因为在想象中看葡萄的人比他大比他有力气，所以开始跑起来。直到他跑到快要到自己村子的时候才停下脚步。而此时黄安徽已经得手，正在玉米地里向他招手，邀请他和他一起吃他怀中那几大串葡萄。

有的葡萄还没长熟，又酸又涩，但他们一点儿也不觉得难吃。黄安徽甚至还会摘出一粒最大的对着太阳看看它的透明度，说，你知道它叫什么吗？

什么叫什么？

葡萄。

叫什么？

巨峰。

胡晗记住了这个葡萄品种的名字。在吃葡萄时，他也经常会探出脑袋看看来路。担心看葡萄的发现少了葡萄追索至此。黄安徽则一点不担心。他的理由是——

这是我家的玉米地。

后来黄安徽死了，淹死了。巧的是，胡晗当时不在场。这让他始终觉得不可思议。要知道在夏天，他们偷葡萄偷西瓜的次数比起下河干澡，那要少多了。他和黄安徽都是干澡的个中高手，可以一个猛子扎到河对岸。还可以仰躺在水面上随波逐流，然后到离家十里外的集市上上岸，将他们摸到的鱼虾鳖蚌顺手卖掉。

然后在供销社旁边的副食品商店的冰柜里买一根奶油大雪糕。胡晗告诉自己的儿子。

他的儿子已经十三岁了，跟自己当年差不多大。不过，儿子不仅对奶油大雪糕没有兴趣，对父亲的陈年往事也不太能听得进去。他的同学约他傍晚去体育馆打羽毛球，届时两个女同学也来。

双打？

不。

那怎么打？

让你跟女的打还不行吗？满足了吧。

满足了。

不要玩手机，胡晗很不满儿子的态度，信不信我把你的手机砸了?

信,儿子说着把手机塞给胡晗,你砸吧。

胡晗使劲将手机砸在沙发上,手机蹦了几蹦,仅此而已。

过些日子,我看可以的话,我带你回老家看看。胡晗觉得这是自己最后一个办法了。

得了吧,儿子说,你这话都说好多年了,一次也没带我去过。

这也是事实。

明天就去。胡晗咬牙切齿地说。

好啊。

到了傍晚,儿子揣上手机一身标准装扮扛着400多买的一柄羽毛球拍出门了。他告诉胡晗,自己晚上不回来吃饭,打完球和同学去吃肯德基。

儿子刚出门不久,老婆就回来了。胡晗和老婆一起做饭吃饭,在这个过程中,他仍然在追忆早年间在乡下的生活以及家乡的景象:沃野千里,沟汊纵横。

你都说多少遍了,有意思吗?老婆也不耐烦了。

这也是事实。

是事实的也包括胡晗的描述,鸭乡确实沃野千里,沟汊纵横,而胡晗的老家塘村尤为突出。随着青壮年纷纷远走他乡,且已有一路公交直达村口,现在的鸭乡和塘村确实已不复当年。不过,太阳落下去后,场院里泼几桶井水,农家纷纷从屋里搬出一张小方桌,在美人蕉或洗澡花[1]旁边边打蚊子边吃饭的遗风还保留

---

[1] 洗澡花,方言,指紫茉莉。

着。人们仍然希望在天光尚亮的当口看到村道上走来一些邻居，如果是一些陌生人那就更好了。

不过，让村人失望的是，一个男的和一个女的却并没有这么进村，他们是育苗场那边过来的。所以他们刚开始并不知道，以为这一天也基本到此为止了。

单说那对男女。

育苗场，顾名思义，当年是养鱼的水塘，就是村子的南边。不过现在里面种满了荷叶。

承包给外地人了，男的说，他们到了秋天把塘里的水抽干挖藕卖。

为什么这样？女的问。

这个我还真不知道。

我是问，你为什么带我从这儿走，而不走大路？

好玩啊。

好玩个屁。说，你是不是怕被你们村里人看见？

妈的，你说什么呢，男的很不屑地表示，难道我带个女人回家也见不得人吗？

别吹了，你也怕别人说闲话，怕你们村里人说你这次带回来的女人不是上次的，对不对？

算你说得对行了吧？

什么叫算我说得对，就是对。说着女的突然拉住男的，什么声音？

没什么，青蛙跳到水里的声音。

啊呀，这么多青蛙吗？我可不想踩到青蛙。

那我背你。

也只背了一会儿,男的就将女的在一棵柳树旁边放下。

这里发生过一件事,男的说。

什么事?

你知道吗,这个塘以前养的全是非洲鲫鱼。这种鱼可能是世界上最傻×的鱼,只要放钩它就咬,然后你拎起来就是。所以我们那会儿经常偷着钓。

为什么偷着钓?

因为有人看鱼塘啊。说着男的指了指塘对岸一个几乎坍塌的房子。那个就是以前看鱼塘的人住的。

住在里面的那个家伙可凶了,叫老蒋,当时估计有五十多岁,但壮得不得了。天天戴着草帽拿着镰刀给鱼割草。我偷着来钓鱼被他逮到过一次,他给了我两个大嘴巴,还把我的钓竿给掰断了。

就是这事?

不是,男的说,有个跟我差不多大的家伙被逮着了,但他听说过我钓竿被掰断的事就跑,老蒋看他跑得快,就把手上的镰刀扔了过来,还真巧,镰刀正好插到那个家伙的背上,小孩子嘛,背也薄,被插了透心,刀尖从这儿戳了出来。说着男的在自己胸口比划了一下。

死了?

死了。

就这?

就这。

× 你妈，你是故意吓我吧？

不是。真的。走吧。

他们走过育苗场，就到了一片玉米地。穿过玉米地的田埂，就到了村子。不过，在田埂上走的时候，男的将一只胳膊挥舞出去，画了一个圆收回，告诉女的：这是我家的玉米地。

要不要在这儿搞一把？

他在她屁股上摸了一把。

滚。她将屁股上的手打掉。

既然不搞，他就邀请女的和他一起摘了两个全是嫩浆的棒子。

他甚至还将玉米棒子的嫩穗揪下来贴在女的嘴唇上方，说，你长胡子也不难看。

女的又说滚，不过这次笑了。

然后他们就来到了村道上。

人们已经吃完了饭，但并不急于收拾碗筷，就这么坐在桌前身前身后地挥舞蒲扇。这也和很多年前一致。

天色已暗，他们看不清远远走来的一男一女。为了看清来人，一个老头甚至站了起来，走到路侧等待他们靠近。

是安徽吗？老头这么问，但眼睛直勾勾地看着旁边那个女的。

是我，大伯你好啊。说着给胡大伯敬了一支烟，大伯示意手上有，但还是接了，并将烟架在左耳耳廓上。

安徽啊，大妈也闻讯赶来了，也盯着旁边那个女的问，吃了吗？

吃了吃了。他撒了个谎。

坐坐？

不了不了。

也好，有空来玩。

好好。

你知道这二老谁吗？走了几步男的低声说道。

我怎么知道。

就是刚才我说的那个被育苗场老蒋用镰刀戳死的胡晗的父母。对，他叫胡晗。

夜　深

　　我赶到家的时候，父亲已经穿戴整齐地在堂屋里躺好了。他躺的是我们夏天才会使用的竹凉床。而我进门的时候，有人还替我拍了拍身上的雪（我不记得自己有没有在门槛上跺脚），凉床只暴露了它四条冰凉的竹腿。跟一张招待客人的临时床铺一样，被褥齐全，只是眼下这位客人不仅没有脱掉外衣，反而穿得特别隆重。事后我才知道，这一身新衣服是我姐姐在公社百货大楼买的。这件事后不久，我曾应我妈的要求骑车去过公社百货大楼的种子柜台买过韭菜籽，我并非要蓄意经过服装柜台，只是我必须经过那里。然后我看到了父亲躺在那儿穿的新衣服，一模一样，不止一件，就这么挂在那里。

　　我对着盛装待发的父亲磕完头后就站了起来，不知道下一步该干什么。

　　"你应该跪在这里。"一个我从没见过的中年男人用手捅捅我的腰，并用他的左脚在父亲所躺凉床一侧点了点，"别人来吊你爸爸，人家跪的时候，你要磕头回敬。"

　　当然，我知道这点。虽然我的父亲是第一次也是唯一一次死掉，但我知道风俗，爷爷死的时候，父亲曾经就跪在这个位置，别人家办丧事也有此类先例。于是我跪了下去，只要有吊客像我之前那样给父亲磕头，我就必须回礼。这一点也不难，就像学校里元旦歌咏比赛有过多次排练那样。我因父亲的死没有参加歌咏比赛，但我能够想象他们站在礼堂舞台上的样子，甚至能听到他们唱的"五月的鲜花，开遍了原野"……不过，很快我就感到了难受，膝盖疼痛难熬。还是那个中年男人，他给我递来了一个枕头。我认识这个枕头，正是父亲平时所用的。他是一个邋遢的庄稼汉，枕头又黑又臭。每次回礼，我都能闻到他头上的味道。我不记得自己闻过他头发的味道，现在他死了，我闻到了。他活着的时候真该多洗洗头，并但愿死亡使他芬芳。

因此我也抽空关注了一下那个没见过的中年男人。他和生前的父亲一样，蓬头垢面，穿戴邋遢。大概因为匆忙，他的一只裤脚的部分还被塞进了袜子，露出了穿红袜子的脚踝。他的眉弓很高，只有眼窝，看不到眼珠。如果不是他留了两撇油光闪亮黑黝黝的八字胡，我大概会觉得他是一个老头。

"如果你实在不好受，"他还在一旁补充道，"没人来的时候，你可以站起来。"

我觉得自己不用对此表态，所以没有理他。也始终没有站起来。直到吊唁结束，午饭开始。

因为父亲的猝死完全出乎所有人的意料，所以我妈当天就昏死了过去，而且情况很严重，也被送进了医院。姐姐需要陪侍，而姐夫则是一名厨师，正好派上用场在厨房里忙活。所以料理丧事的都是一些乡邻，就算那些亲戚，也并非至亲。这使我始终觉得，父亲的死似乎并非真相，整个丧事和我们关系不大。

就算借遍了左邻右舍，桌椅板凳还是不够多，另外来吊唁的亲友乡邻不少，所以午饭是流水席。四张桌子露天摆放在院子里。好在雪停了，院子的雪早已被无数双脚踩成了烂泥。人们确实大多是穿着高帮胶靴围坐在方桌前吃饭的。另一拨人则在一旁的乱砖碎瓦前或坐或立等他们吃完。所有人都学会了沉默。

每桌的菜也都是一样的。厨房里的一张临时搭建的木台子上，整整齐齐地码着那些一模一样的菜。比如说，同样的红烧肉，同样的碟子，彼此重复地排列在那里达五六碟，加之别的菜的同等重复，相当壮观。这让我对围着白色围裙、撸着袖子、偏着个脑袋叼着一支烟在灶前挥舞锅铲的姐夫充满了敬意。

"你就不用上桌吃了。"还是那个中年男人对我说。我确实饥肠辘辘，不知道怎么吃饭，是加入率先占据桌子的一方，还是加入碎砖乱瓦前等待的人群。

没想到的是，这个中年男人也和我一样，是蹲在厨房潮湿的地面上吃饭的。所以这阻止了我试图从姐夫嘴里探听此人的想法。我们什么也没说，就这么默默地吃完了饭。

"肉烧得怎么样？"姐夫把菜烧完后，借嘴上那个烟屁股的火，从耳朵上方取下一支烟续上后还问了我们。

"不错，"中年男人说，"好吃。"

对此我显然没有异议。

下午，我继续干上午的事。直到傍晚，吊客才渐渐绝迹。晚饭也和午饭相似。不同之处在于，不知谁在院子里支起了一个叫太阳灯的大灯。几年前，家里盖房子的时候，曾在工地上使用过这种灯，以防有人摸黑了偷水泥黄沙之类的建筑材料。可惜后来还是发现有两根松木房梁失踪了。我清楚地记得，这种太阳灯有一千瓦。"一个钟头一度电，"父亲当时颇为心疼。总之，在这盏太阳灯的照耀之下，院子里比堂屋要亮堂多了。被一百瓦灯泡照耀的父亲，简直就像一个躲在家里不敢出门的害羞的小姑娘。只有一个人陪着他，就是那个中年男人。他也没有盯着父亲，只是若有所思地坐在一侧，肘抵着自己的膝盖在抽烟，眼窝更加深了。

后来，整个人已经哭肿了的我妈在姐姐的搀扶下终于回来了。她的出现似乎提醒了所有在场的人，"你们可以走了"，于是后者都纷纷走了，包括那个中年男人。

"你，"我妈在痛哭的间歇会看看我，又看看姐姐和姐夫，说，"你们没有爸爸了。"

我想说这没什么了不起的，我们班有两个同学都没有爸爸了，一个死于车祸，另一个也死于车祸。但我只能说："嗯，我知道。"

睡觉是这么安排的，姐姐继续陪我妈睡。我和姐夫则在父亲身边打个地铺睡。

灯一直是开着的，所以我很难入睡。脑子里尽量多地过了一遍父亲活着时候的事情，然后再对照一下躺在那里的他，以此确定他确实死了。当我实在想不起来有关父亲的其他事迹后，我这才想起来应该问姐夫那个中年男人是谁。可惜姐夫睡着了，打起了呼噜。我没有和姐夫在一个屋子睡过觉，没想到他的呼噜声这么大,不仅响亮,而且层次很多,真是此起彼伏的呼噜啊,一度让我觉得躺着的父亲也在打呼噜。

但这一切都不表明我没有睡着。我睡着了。

次日一大早,我是被外面的动静吵醒的。姐夫已经起床了,我妈则在姐姐的陪侍下坐在父亲的身边跟他说着什么。我不知道她想说什么,就到了外面。一个穿着迷彩服、头戴棒球帽帽舌朝后的人正在油漆一口棺材。我问他这口棺材是哪儿来的。没等他说话,从棺材的另一侧冒出一个人来说,是买的。没错,还是昨天那个人,那个中年人。

"不是不让土葬吗?"我好奇地问。

"政策没那么紧。"他说。

"不会将来被挖出来浇汽油烧掉吧?"

"你听谁说的?"

于是我告诉他,我前些年在上学的路上见过。"因为远,我没闻到味,但烟非常黑。"我补充道。

"那是汽油的原因,"他说,"你有没有去过火葬场?"我坦承没有。他说:"火葬场的烟囱,烟没你说的那么黑。"

"我不是说烟的问题,"我说,"我的意思是假如浇上汽油烧掉怎么办?"

"放心吧,不会的。"

我不知道他为什么这么坚定。也没有再问。我被棺材转移了注意力。它不像我在电视上看到的那样带有弧度,而就是几块相对厚实的木板拼成的。和一个长方形木盒子的区别是,它的一端相对于另一端较为窄小。这使我未卜先知地认识到，宽的那头应该是肩膀和头，脚则塞在窄的那头。后来入殓时，确实是这样。其实这个棺材很大，根据我的目测，或许能并排躺两个人，如果躺不了，两个人侧身抱着应该绝对没有问题。入殓时，我才发现棺材内部很拥挤。可能与在里面垫上被褥和塞满棉花有关，我的父亲最后只露出了一张窄小的面孔，让所有亲友围着棺材转一圈看上所谓的最后一眼。最后盖棺时，哭声震天，但还是盖上了。四个壮汉分立四角，在统一的号令下，同时砸入手指粗细的黑乎乎的棺材钉。

"快喊，爸爸让钉子爸爸让钉子。"中年男人说。

我照办了。

"以上就是我所记得的关于我爸丧事的一些事。"我对她说。

这是二十年后的一个深夜，我和妻子并排躺在床上，在关灯后的黑暗里睁着眼睛。不知为何，我们之前开着灯时曾发生了一场激烈的争吵，争吵结束也就是关灯后，居然莫名其妙地聊到了这些。可能与争吵有关，我觉得自己应该尽量详细地讲述这些。这同时也是一项义务，就像我知道我的岳父的合法妻子现在已经不是我的岳母一样。

"他是谁？"她问。

"谁？"说完我就明白了，"哦，那个中年男的吗，是我一门远房亲戚。"

"那你为什么说你从来没有见过？"

"确实没见过，这难道怪我？"

"后来呢?"

"后来也再没有见过。"

"不对,"她突然提高音量,并且从被窝里坐了起来,"那你为什么要提他,老是提他。这不对。"

我一时语塞,确实也觉得这个问题不太好回答。

"说啊你。"她在被窝里用膝盖拱了我一下。

"说什么啊?"

"说你为什么要老是提……"她说着似乎也觉察到了这个问题存在着别的问题,于是改口道,"说说你这个远房亲戚吧。"

"我已经说过了,后来再也没见过,我怎么知道?"

"一点都不知道?我不信。"

"我只知道他是安徽老家的。别的不知道。"

"你妈知道不知道?"

我妈此时就睡在隔壁。也未必入睡,可能仍然在听收音机。这不仅是老年人的通病,与我们之前的争吵对她老人家造成的影响也有关。我妈敲打着我们的房门,说:"我也没几天活啦我也没几天活啦。"

所以我说:"如果你想知道的话,可以现在就到隔壁房间问我妈。"

"你这什么意思?"她再次动作幅度大了起来,并打开了床头灯。

我并没有接她的话,而是皱着眉头努力适应了这陡然的灯光。然后照例找出一支烟来抽。

见我点燃一支烟,她又迅速关掉了灯,并夸张地将被子拎上来捂住自己的头。有部分头发在被子外面，她睡前洗过澡，有洗发液的香气。因为用力过猛，被子被扯了上来，我们的脚一下子暴露在黑暗之中。我帮助我们将被子恢复到原状，感受到她有轻微的拱动频率。她在哭。

现在，剩下我一个人在黑暗中抽烟。这让我觉得自己似乎就站在脚前的床下，看着自己的烟头一闪一闪。

1/5040

关于本篇作品的说明：

本小说以七个部分组成。它们没有先后关系，也不存在其他逻辑关系，或者说，它们之间可以自由建立你需要的逻辑关系。你所需要做的，就是凭你的兴致（包括闭上眼睛瞎排）对七块文字进行自由排列组合。1 到 7，7 个数字一列，经计算共有 5040 种排序法（7×6×5×4×3×2×1）。也就是说，我这组文字可以根据你的随机排列组合生成 5040 篇作品。现在你第一眼看到的，只是 1/5040。下面，游戏开始。

事情比我想象得突然。在我发育多年，眼下苦于单身之际，必须得向单位请假赶赴家乡参加祖父的婚礼。理由？我是说请假理由。各位，我只是希望你们通过其他途径获知我的祖父在鳏居三十年后，以八十岁高龄娶了位四十多岁的外地女人，而绝不是我自己搬弄唇舌主动告知这些。我还不够坦然，还不够通透，这是没有办法的事。事实上这也没什么。据说自从《夕阳红》一曲传遍大江南北之后，不少老年人在垂暮之年都过上了体面的性生活。子孙们与时俱进地放弃了对为老不尊的不齿，纷纷接受了来自西方的所谓的先进的道德观，不仅为自己的长辈在晚年有了枕边人（假设性生活的存在）感到喜悦，还出于孝心愿意掏出钱来为长辈大操大办。人们说，这就是文明社会。

　　暂且我还不知道父亲的态度。或者说，我已经知道了他的态度，那就是他不知道怎么办。是他打电话来的。他说："他要跟那个女的结婚，要办酒，你快回来。"我的问题是，在我拿出自己态度之前，我没法向任何人说这个事情，比如我该如何向我的领导张主任请假呢？

　　张主任，作为一个长期苦于痔疮的中年男性，他居然面孔粉嫩、唇红齿白。他的任务除了每天坐在我的对面翻阅无穷无尽的报纸（其实翻阅报纸是早年间的事儿，现在他是在电脑上斗地主，但不知为何，我还是觉得他在翻阅报纸），那只能是坐在我的对面，使我感觉得到他偶尔扭动屁股的痛苦。我的任务也大致相当，但我不爱扭动屁股，我没有痔疮，我想站起来，到外面去转一转。这可能是我免于痔疮的关键所在。我也不去远，就到办公室外面的走廊，然后经过那么几个门窗虚掩的科室去走廊尽头的卫生间滴上几滴尿。我没有像平时那样去会计室和王丽搭几句，我甚至在出卫生间的时候也没有在龙头下洗手。我清晰地感觉到了走廊里的风使我指间残存的尿液迅速蒸发掉的全过程。与此同时，我注意到那些科室的门后，翻阅报纸的声音此起彼伏，或者正是他们的窃窃私语，以及由此引发的咻咻之类的笑声。我得承认自己的感觉或愿望：那就是这些虚掩的门后，他们正在通奸。如果办公室内有男有女，正好；如果尽是同性（像我和张主任），那么奸情会更加惊世骇俗。总之，通奸大概是这条走廊左右各房间内人最适合干的事。而门之所以虚掩，完全是供人窥视，是蓄意的，是一个阴谋，是一种引诱，他们希望所有路过并熬不住好奇心会把眼睛凑近门缝，然后一不小心栽了进去，再由被动到主动地的人加入他们的通奸行列中去。

我回到自己的办公室，然后在张主任面前坐下来。

我说，张主任，我得请三天假。

哦，他终于把脸抬了起来，正对着我，问，什么事情呢？

家里。

出什么事了？

也没出什么大事，我用嘴角吸了吸几丝空气，用以降低口腔温度，坦言道，我爷爷死了。

读初二那会儿，应该是夏天快到的时候，有一天我肚子疼得厉害，父亲送我到乡医院，被那个姓陈的赤脚医生诊断为急性阑尾炎。没错，事后证明，赤脚医生还是很有经验的，并非人们攻击的那样，诊断正确，确实是阑尾炎。然后就是留下来开刀。刀也是这姓陈的开，他是乡医院第一刀，割过无数盲肠。这些盲肠遍布在他行医的道路上，有的早已腐烂，有的正在路边散发恶臭，还有的正在别人的肚子里发炎肿胀。我就是后者。手术之前，从来刀不离手的陈医生举着家伙面无表情地叫我躺在床上，并示意我脱裤子。我很害怕，但知道医生叫病人干什么总有他的道理。还好，他没有如我所想象的那样将我的阴茎割下来，而只是剃掉了那些刚刚长出不久的阴毛。关于那些逝去的阴毛，它们比现在要柔软，也没现在的黑。就像头茬韭菜一样，很嫩（又硬又黑完全是之后的第二茬第三茬）。这些又软又黄的毛于是就在我父亲的眼里纷纷飘落，搞得满床都是。那时侯，父亲，即便我是他亲生的，也不知道我的裤裆里发生了这一新情况。在他的印象里，我的下体应该一直是最后一次穿开裆裤时的样子，小小的，光光的。但现在眼前的景象如此陌生，这让他感到惊恐和无措。表情真是难以形容。他是一个懦弱可怜的人。对我来说，也很难过，好像我自从改穿严裆裤后就一直背着他偷偷摸摸地干着什么，一直在骗他。我终于明白了一个真理，那就是父子关系原来只是互相欺骗。陈医生终于干完了活，他还用戴着手套的手拨弄了两下我的阴茎，并噘起嘴唇吹了两吹，看看没有遗漏，这才很满意地松了口气走出了病房，留下我和父亲。我不看父亲，也不知道说什么才好，将脸朝向床内。听到响动，我知道他走了过来。我紧张得要命，惟恐他要说话，如果他一说话，而且无论是长篇大论还是只发一个音，我都会觉得难以忍受。好在他什么也没说，只是在我的床上拍拍打打起来，想尽一个父亲的责任帮我把那些落在床单上的阴毛给弄掉。拍打引起床铺的震动让人晕眩。我没回头，只是凭感觉用一只手将他往外推。我感觉到他被我推了个趔趄。这可能是我第一次使用力量对抗他，该第一次也让我感到无比痛苦。我希望他生气，但没有，而且他也没再拍打。这更让我痛苦。然后，祖父来了，他拎着一条非常大也非常黑的黑鱼，说是手术后煨汤喝可以养伤补血。我的祖父就是这样，他能吃能喝，脸色红润，肌肉发达，笑起来嘎嘎嘎，有如水面的鸭子。他也希望子孙能做到这一点。可惜，对比之下，我蜷曲在床，瘦弱的父亲则一声不吭。我的祖母死得较早，早到我从小就觉得这个世界上没有奶奶这种人。奶奶死后，祖父就搬出了村子，他承包了育苗场，独自一人住在村子之外鱼塘尽头的两间红砖瓦房里。他不仅自给自足，还年年有余，除了贴补儿孙，偶尔也用于一些来路不明的女人身上。好在育苗场的鱼塘很大，隔着这几十亩水域，他那两间砖房与整个村子遥遥相对，他干什么都不在我们视线之内，我们只能隔着鱼塘远眺某个女人的身影。现在，不知道谁把我阑尾炎的消息传给了他，包括怎么传的。总之，他一点没耽误，来了。他将那条黑鱼交给他的儿子我的父亲，就到了我的床前。他也看到了床单上那些残留的阴毛，然后他捏起一根问父亲，这是怎么回事？父亲指着我，告诉祖父："是，是他的。"因为长久没说话，父亲的声音非常怪异，气短痰堵，一波三折，有如哭声。祖父显然也对这个新情况没有任何思想准备。不过只一瞬间，祖父就得出了结论：我已经开始步入了给他制造四世同堂这一场景的年龄。

每天下班，如果有座位的话，在公交车上睡一觉已经成了我的习惯。这一觉的睡眠质量极好，没什么梦，也不浅薄，一补所谓干了一天活产生的疲劳。半个小时后准时醒来下车，然后走五分钟的路，爬七层楼，到家。假如没能在车上睡上这半个小时，七层楼爬起来很吃力，晚饭后再也不愿动，即便夜市上小贩之间发生斗殴以至发生凶案，或楼下超市广场上因为搞产品促销表演起了脱衣舞，也一概吸引不了我，而我只能躺在床上看一集电视剧，然后就保持着看电视的姿态靠在竖起来的枕头上睡着了。电视剧一晚两集，一集 40 分钟，加上插播的广告，前后计有一个小时，也就是说我因为没睡那半个小时而得提前一个小时睡。如果把看完电视剧再与朱萍做爱时间也算在内的话，也就是不止提前一个小时。由此可见，车上半个小时对我的所谓夜生活影响太大啦。没有这半小时，我的生活就会缺胳膊少腿。不能欣赏精彩的电视节目，也不能和朱萍做爱。基于此，我在等车的时候就很注意，如果看到车来了而上面人太多，坚决不上，而是耐心地等下一辆。上了车，有座位最好，眼一闭，就不会有看到老弱病残孕站在边上可怜巴巴的样子了。如果没有座，也可以通过察言观色快速获取。对于我这样有判断力的人来说，一个坐在那里的人，其话语、神情和动作都能预示他何时下车。寻找即将下车的人，然后站他旁边，并将两腿叉开，尽量多地占据空间，免得此人下车走了，座位倒被我身边抱有同样想法的家伙给抢走了。迄今为止，还没有人在抢座位上能够先我一步。规律还有，比如一个秃头男我几乎每天都能遇见，他每天都能端坐在一把塑料椅子上（他应该是从始发站上车的），而且我上车后只需一站路他就下车了，所以我上车的第一要务是在车上找他。没错，那位就是，有其秃头为证，有其环绕在秃脑门上的那两缕长发为证，有其夹在裤裆里（站起后夹在腋窝下）的黑色皮包为证。我走过去，站在他的身边，然后他到站了，看我一眼，我接住他的目光，他才站起来，我目送他的臀部离开椅子，坐下，先是感受一下他的体温。在闭上眼睛之前，还可以透过车窗看着他从车上跳到马路牙子上（他不喜欢脚踩到马路上再上马路牙子，这一系列动作与他的秃头皮包形象略有出入），跳动使他环绕在秃脑门上的那两缕长发耷拉了下来,他不得不腾出一只手将它们归位。有时我想,如果我没站在他的身边,或者在他即将下车的时候没能接住他的目光,他说不定还不会下车呢。总之,我们早已心照不宣,虽无只字交流,确为多年老友。感谢他赐予我几年看电视和与朱萍过夫妻生活的美好的夜生活。

我承认离婚前后的生活变化巨大。离婚后,我显然不再需要下班公交车上的半个小时睡眠时间。既然我无须睡眠,我就不需要抢座位。我在办公室坐了一整天,早已坐够了。不抢座位,也使我对上面提到的那位秃头大哥逐渐淡忘,乃至于他早已不坐公交车都不知道。直到不久前的一天,我去一家包子铺买包子(离婚后,我已懒得做饭)。这家包子铺还算有名,据说只做本城最好的包子。所以买包子的队伍每天都要排那么一小截。我本来没有注意到秃头大哥排在我前面,他买好包子往外走的时候,我们才做了一次面面相觑。我注意到他也愣了一下,并试图挤出一个久别重逢的笑容,但他还是明智地阻止了自己这么做。径直从我面前走了过去,走向路边一辆私家车。他打开车门的时候,我看到副驾驶上确实坐着一个长相不明的年轻女人。

和朱萍离婚后变化还有很多,比如我不再会靠在枕头上看着电视睡着了,而是会轻易地被电视内容吸引。哪怕那些枯燥乏味的保健品广告,我也看得兴致勃勃。我尤其喜欢那些鹤发童颜、穿着白大褂、戴着老花镜的老专家老中医之类的人物。他们对生命、对长寿、对健康的热情让人觉得他们家里从来就没有死过人。刚开始,他们让我想到自己的祖父。我承认,总是把老头认作自己的爷爷辈,大概是一种成长的惰性和无耻。最近一年,我才将他们和父亲算作一代人。不过,无论他们算我的父辈还是祖辈,我都会针对节目中的景象展开联想。你知道的,在这些节目中总会出现一些烫着蓬松头发、热衷于穿粉色高领毛衣、两坨乳房下垂而又肥大的中老年女人,她们一惊一乍虽然比不了综艺节目中的年轻女人,但对自己以及老伴药到病除的喜悦也是有目共睹的。我想象到的场景是:如果这些姿色残存的老妇女巧遇这些让她们感激不已的老学者老专家,会不会把自身贡献出来?

关于我的家世或家史是这样的。不知道祖先是谁,祖父只记得自己早年逃荒的经历。那时候他还小,按他的话说,只有大人的裤裆高。他的父母和哥哥们当时似乎已是大人,但逃荒这事比较紧迫,都或背或扛着被褥和家具,没人会把他抱在怀里走(这也与他当时有了一定的体积有关,据说八九岁了)。他的家人当然也担心他走丢了,警告他要盯着父母的鞋走。于是他就盯着。那是一种古老的布鞋,在所谓的乡愁表达里被誉为"千层底",但见一位大娘坐在如豆灯火下左一针右一针,非得缝整整一千层鞋底。就算这样,这种鞋还是不耐穿,经不得风雨,受不了脚臭,烂起来极快。另外,该鞋没有后来神探们能用于破案的独特鞋纹,也没有有别于其他布鞋的任何特征。而且当年的农民可能实在太邋遢,很少人将脚伸进鞋后有心情把鞋跟也拔上去,他们穿鞋的方式以趿为主,好好的鞋很快就会被穿成拖鞋(配合以脚趾部分往往最容易穿孔破洞)。而且那年头太穷了,没袜子。也就是说,祖父盯着的只是父母的脚后跟而已。这便给他的命运制造了拐点。如你所知,鞋有新旧,脚后跟却都长得差不多。所以当我的祖父气喘吁吁地追随一双脚后跟终于停下来后,他抬起头发现,裤裆以上的那张脸,自己并不认识。这个并不认识的家伙看来是一位好心人,因为他笑容满面地蹲了下来,决定收养我的祖父,并给他起了一个名字,冠以自己的姓氏。可是多年以后,祖父对此不以为然。他认为养父之所以收养他,仅仅是因为养父没有生育能力而已。这倒也是事实,因为没有养母。重点在于,在逃难中,养父还替祖父在路上捡了个奄奄一息的小姑娘。等到这个小姑娘长到十五六岁的时候,祖父有一天发现她胸口隆起了两坨,这让他十分不舒服。为了舒服,那天以后,他没事就把她压在身下抖动抖动。也就是说,这个六十多年前的小姑娘正是我的祖母,我父亲的母亲。

  祖父对自己养父的薄情寡义,也在于后者并没有活得太久。他为自己的养子和养子的媳妇安下家后,就很识时务地死了。祖父母和父亲成为一家三口,也算是一件莫名其妙的事。他们开荒种地,搭棚造屋,过起了被前人活过无数次的幸福生活。美中不足在于,可能与早年的奄奄一息有关,生下我父亲后不久,祖母再次奄奄一息起来,这次奄奄一息旷日持久,她没有好转起来,最后死掉了。接下来就是我的父亲,他开始长大,也念了几年书。后来娶了我的母亲,响应只生一个好的政策,把我给生了下来。我嘛,多念了几年书,响应国家政策,被分配到现单位,至今。这中间,我认识朱萍,结婚,却没生子,然后是离婚。很显然,祖父对父亲和我并不满意,他首先认为自己还可以多生几个,如果我那个以奄奄一息形象存世的祖母有那能力的话。其次,就是他认为父亲和我全是窝囊废现世宝。他经常拎着一条鱼来到我们家里,然后将鱼扔给我母亲,责令后者认真烧煮,他要好好喝一杯。在喝酒的过程中,他就开骂。他骂父亲一点出息也没有,到现在还在种他当年逃荒至此开垦的土地。他骂我没本事,居然让老婆给戴了绿帽子,乃至于使自己的老婆变成了别人的老婆。

  无论是参加婚礼还是葬礼,现在回乡的话,有公交车直达。时间并不长。但我很少回去。我在城里年头已久,毕业工作,买房安家(即便现在家里就我一个人)。确实犯不着回乡下那个家了。而在所谓的学生时代,进城回乡,还需要坐船。却不知道为什么,我几乎每个周末都会回一趟家。而且我是多么喜欢当年的码头啊。

  码头附近布满了各种摊点,诸如卖鞋垫踩脚裤和对对袜的,卖锅碗瓢盆的,卖五香蛋或旺鸡蛋的。据说也有卖淫嫖娼的,只是我当时没有钱,另外还是个童男子,是一位遗精高手,在这方面比较钝比较无知,所以不太清楚。我印象最深的是那个卖磁带的中年汉子和打台球的一些小青年。我买过中年汉子几盘磁带,都是一些那个年代最火的流行歌曲的合集。孟庭苇叶倩文四大天王,稍后也有孙悦高林生黄格选之类。中年汉子的全部家当就是一辆自行车,书报架上一块展板似的东西,展览着各种磁带。然后车篓里是一台收录机,一根线接在地上放着的一个跟粪桶差不多大的音箱。上述那些人唱的歌就从这个粪桶里飘了出来,声音很大,盖过了码头上应有的喧哗。不过,台球桌离卖磁带的要远点。所以打台球的人彼此说话的声音还能听见,一竿子清三角进洞中坑底坑之类的很好辨认,那些歌也便成为这些对话的背景音乐。所以我到现在,谁如果跟我说他喜欢"听歌""听音乐"什么的,我就不由自主地认为他正趴在绿色绒布的台球桌上。如果是女的,我也这么想,而且还无师自通地想到她的胸碰到了球,很想说一句:"潘晓婷,晓婷,小潘,这局不算。"

上船和下船当然很挤,我也不知道为什么要挤,和现在坐公交一样挤。每个人总能搭上车搭上船,这已经被历史反复证明。但人们似乎不爱朝这个方向想,挤,一定要挤。刚开始,我挺不喜欢挤的。后来有次下船,我还是一不小心被动地让人挤到人堆里。站我前面的正好是一个比我高大,头发很长,屁股特别有肉的女的。她的头是刚洗过的,飘柔洗发水的气味。我不可抑制地勃起了,隔着裤子顶在她的屁股上。我还想到不久前因为阑尾炎手术刚刚被剃了的阴毛。现在它们长出来了,应该不再那么柔嫩,而是不愿卷曲,根根直立。这个女的始终没有回头,等到不挤的时候,她就这么走了。可能我的记忆是蓄意这么安排的,我记得也就是这次,有个家伙被挤掉下了船。他没有掉到趸埠上,而是掉进了江里。有工作人员给他扔了一个彩色的救生圈,彩色的。但他没抓住,然后就在船靠岸时搅起的巨大漩涡中消失了。有人说他被船的螺旋桨打碎了,也有人说他流到大海里去了,反正这个人是没有了。

其实我想说的是另外一件事。就是在这件事发生的很多年前,船上也曾经发生过一起轰动两岸的大事。一对青年男女,他们的家庭不允许他们恋爱结婚,好像跟"阶级成分"之类的事有关。二人于是决定跳江自杀。为了使这一决心落到实处,他们用绳子将彼此捆在了一起。然后他们来到船舷,口念一二三,跳,咚一声或咚咚两声(取决于先后、跳力,而不是挑战两个铁球同时着地）跳了下去。其他乘客都叫了起来，但照样有冷静的工作人员向江里那两朵可怜的小水花投掷了救生圈，是不是彩色的我不知道。奇迹在于，过了会儿，那个男的从水里冒了出来，并手脚麻利地揽到了一个救生圈。众人将其捞到船上后，也没人瞧见他腰上有绳子。那个女的却始终没有冒出来，但见本归她揽住的救生圈就这么随波逐流漂走了。

所有人都知道，这个当年爬上来的男的就是我的父亲。这也是祖父热衷于骂父亲是个戾货的原因之一，女方的死，倒让祖父肃然起敬了起来。母亲和父亲吵架，也总是杀人犯杀人犯地骂。不过年代可能过于久远，现在已经很少有人提起这茬。我也不便在父母和任何人面前求证这件事。我倒是和朱萍曾经提起过，我是这么说的：如果当年我的父亲也死了，那该多好。

单位里的张主任其实见过我的祖父和父母。那是我跟朱萍结婚的时候。我参加过张主任和其他人的婚礼，还包括他们家死了人、生了人、过寿、乔迁等等，他们当然要以吃喜酒的名义将这些份子钱返还。在和朱萍结婚以前，我一度怀疑自己掏出的份子钱能否收回。结婚才让我相信，付出与回收基本持平。但从另外一个角度来看，仍然是亏。因为这些钱没有落入口袋，而是交付于饭店全部吃掉了（姑且不算浪费掉了）。这样说基于一个假设，假设我们结婚生育死人过生日不请客吃饭，那么这笔钱肯定是可以省下来的。当然，省下来干什么呢？好像也没什么用。所以吃掉或浪费掉似乎更为妥帖。

我和朱萍的婚礼是在村里办的，流水席。张主任以及其他同事对此都表示极大的好奇，吃完那些大鱼大肉后，也抹着嘴表示乡下的鱼肉和空气一样，就是新鲜。对，食材。我们当然懒得告之以实情，那就是我们自己不可能生产所有的所谓食材，一切仍然有赖于农贸市场，而农贸市场依赖的则是我们谁也不知来路的玩意儿。其本质与你在城市街边小馆子里所吃到的质地并无二致。唯一可以称得上新鲜的，大概也就是婚宴上所使用的鱼虾。它们确乎是祖父养殖的。至于它是否比菜市场所买的鱼虾更美味（难道菜市场上的鱼虾是陆地生物？），这我就不知道了。

张主任作为领导，在酒席上还发表了热情洋溢的贺词，祝愿我和朱萍夫唱妇随白头到老什么的。其实贺词这差事本来轮不上他，他只是个中层，而高层懒得参加我这个小角色的婚礼而已。张主任在我的婚礼上意气风发，踌躇满志，以一个中央首长的姿态款款落座，举箸停杯，风度翩翩。他崇高的地位甚至使他可以和祖父在座次上并驾齐驱。二人也大有一见如故的模样，推杯换盏，相谈甚欢。我不知道他和祖父都说了些什么。事后张主任倒是对我谈论过祖父。

"你爷爷身体真好，酒厉害。"他说，"怎么没见你爸？"

"我爸？在啊。可能你没注意。"这很好理解，我强壮的祖父是一个伟大的政权，在他死掉之前，天下不会大乱。

"哦。"

"嗯。"

关于各自的家庭，这都是寒暄之词。如果说我和张主任有什么情义的话，那是我们经常一起参加一些酒局。酒局过后的KTV，乃至于洗澡，也时有发生。一起酒后泡澡，我们难以避免地要看到对方的"老二"。让我惊叹的是，有一次我发现张主任裆下光洁无比，只有一条"老二"晃荡其中。阴毛呢？我不便问。倒是他自己说了。他痔疮开刀，所以就刮了。这不免让我将自己阑尾开刀刮阴毛的往事翻出来共享，并由此提出质疑，似乎割痔疮犯不着刮阴毛吧？是也不是，张主任说，其实人的阴毛并非只环绕着"老二"对不对？对，它可以从裆下延续到肛门附近对不对？对。这就是了，医生把他肛门直到睾丸地带的阴毛认真刮了手术完后，张主任高高兴兴地回到家，想了想又觉得别扭。所以鼓动自己的老婆帮他全部刮掉。他老婆不知轻重，他只好自己刮。

和朱萍离婚，张主任也表示他早就看出来什么苗头，面相不合，诸如此类。"你爷爷也这么说过。"天呐，这倒出乎我的意料。既然事到如今，张主任为我介绍一位合适的妻子，将是他义不容辞的责任。而在那位合适妻子嫁过来之前，他所乐意做的是多次主动表示愿意"陪你去洗一下澡"。

姓氏不重要，正宗嫡传还是野种杂种也不重要，知不知道自己爹妈是谁更不重要。假设进化论是真理的话，"我"的存在起码能够证明一点：从单细胞生物开始，"我"之上的所有祖先，从来没有断子绝孙过。我们确实是从娘胎里生出来的，顺生或剖宫产，而绝不是胳肢窝里掉的或石头缝里蹦的。而"我"出现的最重要的动因是：娘胎被我们的亲生父亲勃起的阴茎造访并射出精液。哪怕是试管婴儿，他仍然出自某个男人的精子和某个女人的卵子，仍然需要子宫开展十月怀胎。鉴于克隆技术以及其他未知的繁殖技术，截止于本文发稿时的2016年，以上论述仅针对人类史或生命史的过去和当下,而不指涉未来。假如你不认可上述,坚称女娲和上帝造人,请忽略此文,不用看了。

如果说我的前妻朱萍是我唯一性交过的女人,这显然不是真相。但在所有的性交中,朱萍是我唯一无套内射过的女人,这我可以百分百地肯定。现在,也是听说,朱萍不仅重新嫁人,而且她和现任丈夫的孩子已经一岁多了。那么,我和朱萍在两年的婚史中,后者始终没有怀上孩子这件事是否说明我不具备生育能力?(这不涉及我和朱萍离婚的真实原因。)如果它是真的,又是否说明,我这条生物进化线(此线由点构成,每一个点都是一个生命个体)到本人这里就中断了?如果中断了,到底是不是一种进化论上的优胜劣汰?一种宗教层面的罪恶?在朱萍被别的男人搞大肚子之前,我还从来没有考虑过这个问题(也可能是她那条线断了呢)。现在,在我搞大某个女人肚子之前,我不免要这么重新审视自己。具体而言,就是我这条线,由之前无数个不可知的点到祖父、父亲和我这三个点,之后有可能就没有了。

另外,线又必须由每个点命名和决定。比如,我没有生育能力,我这条线将猝然中止不复存在。而我的父亲如果有生育能力,他现在又生出一个后代来,姑且称之为B,那么B就延续出了另一条线,这条线的已知人物便分别是"……—祖父—父亲—B"。在这条线上,我虽为父亲的儿子,但不被记录,可以抹去,我在进化链上没有任何价值。如果我的父亲没有了生育能力,或者他根本就不愿意生,那么除了"……—祖父—父亲—我"这条必然断掉的线之外,只有一个可能,那就是祖父不辞残年,重新授精,让一个女人怀孕,生下C。这样一来,那么又会出现另一条生物进化线"……—祖父—C"。同上,虽然我和父亲都是祖父的后代,但在这条线上,我和父亲不被记录,可以抹去,在进化链上没有任何价值。

好了,现在的问题是,我年已八十的祖父还有没有生育能力和欲望?先说生育欲望,多年以来,祖父对父亲和我的不满,对祖母过早死亡的愤恨,以及在村里偷偷摸摸把一些来路不明的妇女带到他鲜有人至的育苗场,现在他要跟一个四十多岁的外地女人结婚,种种迹象表明他不排斥这一欲望。生育能力问题?不好说,不过他身体的强壮是有目共睹的。八十岁了,承包鱼塘,生活自理,大吃大喝,声音洪亮。我们只能从理论上对此进行推测。

我们知道,男人的发育始自变声、喉结、长出阴毛等生理变化。尤其是首次遗精,标志着他有了生育能力。当然,前提是他每次射出的精子能够让卵子受精。那么什么时候没有生育能力呢?也就是生育能力的上限是多少岁呢?和女性闭经后不再有生育能力相比,科学家告诉我们,没有上限。下面是我在网上搜到的相关资料:

> 慕尼黑的马克思·普朗克研究中心曾做过一个实验。他们选出20名从60至89岁的祖父和20名从24至33岁的父亲做比较。研究显示老年人的精虫并不衰老。接着进一步分析两组男人的精液。结果发现,祖父组的精虫密度平均每毫升有1.2亿个精虫,父母组却只有0.78亿个。汉堡的雪灵教授所做的研究也有同样的结果。不过,后者发现老年人精液中的精虫密度虽高,但活动力明显降低。不动的精虫与畸形

精虫数都增加了20％，此外精虫代谢所需的果糖浓度亦减低，代谢后的废物增多。从慕尼黑的精神科医师寇克特做过250名60至70岁男人的问卷调查中，发现老年人的性生活状态和婚姻有密切的关系。101名独身老人中只有7％有性生活。149名有伴侣的老人则有54％还维持着每星期1至3次左右的性行为。75岁才慢慢减少。

读过这段数据之后，我当然也感到头晕。不过，我还是很高兴地发现，它们只是统计学下的数据比例，并没有否认特例。所以与以下的新闻并不矛盾：

  印度96岁老人拉姆吉特-拉吉哈夫第二次成为世界最老爸爸。拉姆吉特-拉吉哈夫2年前曾荣获这个头衔。当时，94岁高龄的他喜得长子卡拉姆吉特。尽管他发誓一个就够了，但这位领取养老金者和他的54岁妻子莎肯塔拉在9月又迎来第二个儿子兰吉特。

我不能肯定我的祖父能够像拉姆吉特-拉吉哈夫一样，但我在祖父新婚即将到来之日，有必要表个态，如果"……—祖父—C"这条生物进化线能够出现，我绝不反对和恐慌。

狗

1

等母狗出去,我就紧贴着二哥进了屋。在灶下的柴草里,一共五只小狗,有一码黑的,也有花的。

就算一码黑,长大了毛还会变。二哥说。

为什么?

因为它们还小。

确实,都很小,肉乎乎的,甚至是胖嘟嘟的。只有小狗才这样,看起来简直不像狗。它们刚刚睁开眼睛,并非我们想象的那样,而是目光懒散,对世界一点儿也不好奇。

挑一个。二哥用手掌在五只小狗上方的空气里挥了挥说。我想了想,抱起一只通身全黑的。我觉得自己之所以这么做,一方面是这条小黑狗比较出众,另外就是想验证一下二哥的话,想知道它长大了毛会变成什么样。

没想到我刚抱起,二哥说这只不行,有人定了。我问谁定了,他说亲戚。二哥是我的堂兄,而且岁数比我大几岁,这决定了他的亲戚大多是我的亲戚。但他既然这么肯定,我想只能理解为还有些我不认识的亲戚,就像不久前突然造访的老家人。那个老家人二十来岁,可我得叫他爷爷。大伯大妈及我的父母给他做了两件衣裳,给了点钱和粮票,他就回老家了。我们谁也没有回过老家,让狗先回也许也不错。所以我只好很不情愿地放下了,说,二哥,我妈说了,不要母狗,只要公的。

在这五只小狗中,除了那条小黑狗,有三条都是母的,而剩下那条公狗是最丑的。不知是天生如此,还是被狗屎粘在了一起,皮毛难看得要命。身上花也就算了,四条小短腿中,左后腿居然是白的,像穿了一只袜子,或漏穿了一只。

我不要这条!

真不要?

不要!

我还不给呢。

如你所知,这条穿一只袜子或漏穿一只的丑陋的小花狗后来被我抱了回来。我给它起了个在我看来无比牛×的名字:张飞。当然,这是一个月以后的事了。它们还要吃一段时间的奶,然后从灶下爬到堂屋,再把小脑袋搁在门槛上向外望望,直到它们鼓足勇气用尽力气爬出门槛跑到村道上,以至于和它们的妈妈学会了狂吠,并对人屎和骨头发生了与生俱来的兴趣。不过,因为叫声太奶,这时候,它们看起来简直就像一群倚门卖俏的妓女,等待着那些路过的人挑中自己,然后带走。

如果说每户农家都需要一条狗看家护院,也不符实。很多人家还很穷，穷得喂不起狗，更没有需要狗帮助看守的万贯家财。我对"路不拾遗夜不闭户"的理解就是这个，穷人没有什么可以丢失的。当然，我们也可以"偷人"，不是奸情，而是走到那些干稻草铺就的小床边，偷走那些熟睡中的孩子。注意了，要蹑手蹑脚，动作不要粗鲁，防止他们醒来。次日，当他们睁开眼睛时，看到的是陌生的树冠、村庄和人（在盗贼的怀中，然后被放下）。起码我做过这样的梦，这个梦让我难过不已，又让我兴奋异常。

　　自打我记事以来，我家从来就没有养过狗。也就是说，张飞是我家第一条狗。我妈的意思是，如果有剩饭剩菜，就倒给它吃，如果没有，它自己会找吃的。因此我不得不趁我妈不注意，将自己碗里的拨给它吃。我确实看到它吃过人屎，也在育苗场的岸边看到它在吃腐臭的死鱼……遇此情形，我总是厉声喝止，如若不听，我当然给予一顿追打。不知是营养不良，还是那条有别于其他三条腿的原因，它的奔跑总是摇摇晃晃的。这应该是错觉。总之它摇摇晃晃地长大了。

　　值得一提的是那条堂哥说已经被亲戚定了的黑狗。事后证明，他是胡说，这条狗他自己留了，并给它取了个在我看来很难听的名字，叫黑豹。二哥说要好好训练黑豹，让它将来帮助他看鱼塘（二哥的梦想是初中毕业后承包鱼塘）。结果呢，黑豹一年后就失踪了，很大可能是在当年冬天被人剥皮吃肉了。在失踪之前，它已经是一条大狗。它的妈妈，也就是二哥家那条母狗也还健在，而且也不老。一公一母，两条大狗很快就忘掉了母子情，经常为有限的一点吃的（大伯大妈才不会多添一份粮食给狗吃呢）互相龇牙咧嘴，彼此撕咬。见此情形，二哥显然是偏袒黑豹的。不过，在交配季节，塘村最著名的光棍曹福坑曾经神秘地指出，他在田埂上看到过这对母子不干好事。

啧啧，曹福坑咂着嘴大摇其头，真是畜生啊。

2

多年以后，也就是写这篇文章的时候，我早已搬离了乡下，住进了城里。大学毕业后，我尝试过几份工作，但结果都不太想干。我并不是想重申"人都是好逸恶劳的动物"这一陈词滥调，我只是想说，迄今我也没有找到自己想干的事。那些领导同事间的你来我往，那些和客户之间的勾搭连环，和办公室里的报纸一样，无穷无尽，乏味极了。当然了，你可以把我现在正在进行的写作当一件事来看，但在我看来，事实并非如此。

吃喝拉撒之外，睡觉，起床，开电脑，跟电脑耗上一天（写作、游戏、微博等等），继续睡觉，日复一日，看起来也和办公室的报纸一样无穷无尽。好在我并不感到乏味，因为随着时间的推移，在乏味不乏味这个问题上，我已经丧失了味觉。你也可以这么想，我是通过这种宅居生活在等待，等待死亡的到来这不用去说它，具体到生活细节，等待有人敲门，有人电话，有人邀请我把自己收拾停当赶赴一个酒局。

我是有那么一些朋友的。但你要我说，谁是我最好的朋友，我是没法回答的。因为我并不觉得我有最差的朋友。朋友也不是用来互相帮助互相抚慰的，不可能在精神、情感和物质层面能改变你什么。这么说吧，如果整个世界或你的整个生活圈就是一间房子，朋友无非是这个房子里的一件家具。你和家具之间的关系如何，友情就应该如何。你们在一起打发时日，可能你死了，家具还健在，也可能家具坏了，你不得不重新买一个。就是这样。

在朋友当中，老魏算是交往时间最长的了。他比我大十几岁吧。很多年前是个诗人，后来做起了房地产生意，然后就成了一个有钱人。我想我们的交往与他很多年前写过诗有关，否则一个穷人怎么老是在一个有钱人家里喝酒呢？这位有钱人曾经结过一次婚，后来离了。这没什么稀罕的。关键是，两年前，当他跟一个叫小陈的姑娘同居的时候，有一天，他们逛街回来，在路边捡到了一条狗。现在看来，它应该是一条走失的狗，因为它是一条苏格兰牧羊犬。没有人会把这么名贵的一条狗遗弃，就像穷人不会路不拾遗。苏格兰牧羊犬是否比张飞那样的所谓中华田园犬在外形上更好看？我不太有判断力，但人们似乎都这么认为。总之老魏和小陈带着这条苏格兰牧羊犬回了家。在这一点上，有钱人老魏还是个穷人。

我说，你们难道就没有牵着狗站在原地等待狗主人？

没有，老魏说，赶紧就带回来了。

嘿，跟小偷差不多，小陈补充道。

然后我们就一起打量这条被起了新名字"马车"的苏格兰牧羊犬（相信它在前主人家另有其名）。身躯高大，脸膛狭长，毛发披身，金黄一片，确实来历不凡。据说这种狗在苏格兰高地上专门对付那些从森林里跑出来的狼，这巨大的吻非常适合一口咬断野狼的颈项，让那些在碧草蓝天中咩咩吃草的绵羊很有安全感。这幅画面让我觉得马车是一个美男子，而那些羊则都是些娇滴滴的妙龄少女。不过，不能说那些狼是它的情敌，争抢它的众多交配对象，维护自己的无限大的交配权，而是它仅仅是为了保卫绵羊们对它狂热的爱。

不过马车和那些狼一样，对羊肉情有独钟。如果没有闻到羊肉的味道，马车就感到索然无味了，只好摆出一副超然于我们的酒席的姿态。无论是在饭馆还是在家里，它永远都匍匐在老魏的脚边，貌似一位从来不被酒精毒害的高人。而更大的事实很可能是它在想念老魏和小陈在超市专柜里特意为它买的狗粮。

好在吃喝累了或一时接不上话题的时候，马车可以作为酒桌上的交流对象。一如此情此景下刚刚推门而入的新加入者。

马车，你饿吗？

马车，吃点芹菜吧。

马车，你怎么这么乖！

马车，你哭了？

快看，有一次，一个女孩尖叫起来，马车在给自己口交。大家循声望去，马车确实在舔着那一根细长的器官，在肚皮下的白毛之间影影绰绰，粉红色的。在马车发情这个问题上，老魏和小陈观点不一。遛狗时，小陈倒是不介意马车对别人家的狗发生兴趣，只是马车骑在一条哈巴狗身上的时候确实过于滑稽，既招致对方的反对，自己忙活半天也不得要领。老魏则坚决不许，在他看来，马车只能跟另外一条苏格兰牧羊犬交配，没有第二种选择。真是可惜，时至今日，马车也没有遇见同类异性。

可以说，老魏和小陈关系并不怎么样，他们互相挤对，彼此猜忌，酒桌上当着大伙儿的面唇枪舌剑。老魏对小陈过去的几位男朋友赞赏不已，指责后者压根就不应该和他们分手。小陈则对老魏的农民审美鄙夷再三，比如有天老魏打算嫖娼，委托小陈帮他挑选，但小陈根据自己的审美挑选的都被老魏否决了，最终他挑了个走路一瘸一拐的大屁股女人。

和他前妻没什么两样，小陈事后在酒桌上跟我们说。

那你俩还做爱吗？

偶尔也弄弄呗。

没忍住的就直接问了：你俩打算什么时候分手啊？

老魏表示，小陈决定。小陈则坦言，随便老魏。

马车出现使事情发生了变化，那就是老魏和小陈结婚了。

3

张飞是一条胆小的狗，陌生人来到我家，它不是扑过去，而是钻进家门，继而钻进房门，躲在我的床下狂吠不已，然后在床下滴答一溜儿尿液。而如果来者是客，也就是一时半会不走，甚至在我家吃饭，它则探头探脑瞅准一个机会溜到屋外，然后冲着自己的家啸傲良久。

曹福坑并非陌生人，但却是张飞的死敌。某种意义上，张飞一叫，多半是曹福坑路过门前。后者知道它的德行，所以会蓄意在屋外由轻到重、由缓到急跺起脚来，以此表示由远及近追赶后者的意思。张飞果然上当，在床下乱跑乱撞，吠声惨烈。曹福坑则在门前路上无比得意，然后扛着他的破渔网大笑而去。

当然了，不仅张飞，包括黑豹在内的所有的狗都对曹福坑疑心重重。已经说过，曹福坑是塘村有史以来最著名的光棍，他不爱下地干活，独爱搞鱼摸虾，且不分昼夜。春下钓，夏用网，秋冬则穿着皮裤下水捉鱼。皮裤及胸，所以他只要不深涉，就可以不弄湿衣服。据他所说，秋冬天气鱼虾迟钝，搂着水草，就可以捉住它们。有时他饿了，就把现捉的鱼虾洗弄干净，然后在河岸边支起铁皮小桶，捡几根枯枝败叶生火，一锅烩了吃。我和父亲为秧田割草路过，他还邀请我们也尝尝。父亲是这么说的：没有酒，有什么好吃的。

我的父亲是个酒鬼，嗜酒如命，他多次表示，张飞既然如此胆小，不堪看家护院的重任，不如杀了剥皮吃肉。我妈也不喜欢张飞，认为它和奶奶一样，完全是这个家里只有消耗没有任何贡献的角色。不过她不建议杀了吃肉。也没多少肉，张飞是条骨瘦如柴的狗，不如卖掉，大概还能卖二十块钱呢。每年年尾，村道上都有狗贩子，他们向农户家收购狗。将它们捆绑在自行车上，但并不打死，而是齐脊椎将狗绑在一根窄木板上，再将四肢和嘴扎好，这样那些狗就一动也不动了，只有眼睛骨碌碌直转表示它们还活着。如果不睁，那眼神也并没有什么可怜的，不知为何，我觉得它们挺享受的样子，仿佛它们不是去死，而是去一个更好的地方。我和姐姐当然反对杀和卖。不过姐姐和我不一样，她只有一句"你们太残忍了"就没了，其实她也嫌弃张飞，吃饭时后者在桌肚下面蹭到她的腿都免不了被她踢一脚。

我希望张飞能在我训练下勇敢起来，拥有听令的本事。二哥叫黑豹坐下它就坐下，叫它像人那样站起来，它也能做到，它甚至还学会了和人握手。张飞却完全听不懂这一切，训练它时，它总是东张西望，一旦我没注意，就溜了。它更愿意在奶奶的屋前和后者一起晒太阳。奶奶耷拉着脑袋昏昏欲睡，它则毫无羞耻地肚皮朝天酣酣而睡。有分教：承平已久，天下无事。

前文已说，曹福坑逢人便说二哥家黑豹母子乱伦之事，巨细无遗，绘声绘色，二哥羞愤难当，去曹福坑家登门造访了一回。曹福坑父母早死，兄弟之间也早已分家，所以在砖瓦楼房环伺之下，他的家依旧是二老在世时的土坯房，只是年久失修，愈加破败。荒草疯长，门板残缺，蛇鼠一窝，鬼魂犹存。一般人是不敢进他的家门的。

无人在场观战，二哥说的是，自己进去的时候，曹福坑正躺在他那破床上睡觉。二哥没有直接动手，而是将他推醒。这可能是他第一次这么近地观察曹福坑那张脸，头发花白，满脸皱纹，小母猪眼上堆满了眼屎。二哥说了自己的来意，然后在曹福坑的背上狠狠踢了几脚，警告后者以后再胡说八道，"我就杀了你"，然后扬长而去。

曹福坑确实有几天没有在沟汊之间出现。再次扛着钓竿走上村道招致各家狗吠（比平时更为激烈）的时候，他居然容光焕发，因为他穿了身新衣裳。他说这几天进城去妹妹家（兄弟姐妹中也只有这位身在城里的妹妹对他还偶有接济）了。至于二哥上门兴师问罪之事，他则表示，如果不看在广发（我的大伯）仅此一子的份上，"就废了这个小子"。

狗乱伦，又不是你娘俩乱伦，怕什么？他是这么说的。然后像叫人传话那样冲着二哥家的方向叫嚣道：小子哎，再长两年来跟我斗吧。

也就是说，二哥上门问罪，时年才十五岁的他并没有占到什么便宜。一个月后，眼眶里的淤血才褪尽。但在淤血褪尽之前，他就这么红着眼睛勒死了家里的老母狗。

这是我亲眼所见。但见他在狗盆里堆上了饭，还添了块红烧肉。黑豹先冲过来，叫他一脚踢开了。老母狗大概觉得二哥没对它这么好过，迂回着路线将信将疑地凑了过来，闻了闻，舔了舔，见没问题，这才吃了起来。二哥缓缓从身后取出准备好的绳索（已打上活结）猛然套在老母狗的脖子上。后者见势不妙，起身就跑。事态突然，二哥也没揪住绳头。老母狗套着绳索就这么跑了。二哥起身追，哪里跑得过狗。也是该应，因为慌乱，母狗误闯荆棘，绳索绞在了荆棘丛中，再一使劲挣，活结扣紧，透不过气来了都。此时二哥已经赶到，找到绳头，在腕子上绕上几圈，这才用力往外拉。拉不动，掉转身体，搭在肩上背，好一番努力才将母狗从荆棘里拉出来。可怜母狗四肢抵地，翻出了两道新土。巧的是歪脖老槐树就在一侧，二哥将绳子搭过一根斜出来的粗枝上，再扯住绳子的这一头，用力一拎，母狗就离了地。

我们那的说法，狗是土性，离了地才活不了。就算吊在树上半天，如果放下来，沾了土气，狗也能死而复生。所以，母狗被吊了整整一天。吃饭的时候，我捧着碗来看，二哥也已捧着碗在那儿了。黑豹和张飞，当然也跟着捧碗的我们齐聚树下。它们看看吊在树上的母亲，并没有额外的悲痛，嗓子眼里发出了一种声响，仅此而已。更多的还是眼巴巴地望着我们，追随我们筷子的动作。

4

老魏和小陈没有大操大办。因为马车已经被称为儿子,所以看起来像奉子成婚。一家三口的日子和婚前没有什么区别,只是称呼变了。

小陈会训斥马车:滚,死你爸那儿去吧。

老魏则会征询马车的意见:要不,给他们喝着,咱俩出去溜达溜达?

此前,也就是刚刚捡来马车的时候,老魏和小陈带它去过宠物店,通过看狗齿,知其已经三岁。一晃捡来也有好几年了。狗的寿命不会超过二十年,参照于人,马车已算中年。这不禁让我们替这对父母担心起来。如果不出意外的话,儿子肯定是要死在父母之前的。小陈作为女人,自然难以接受没有马车的家庭生活,她动议速速找到一条母苏格兰牧羊犬,让后者在马车还没有绝育之前生一只马车二世,继续豢养,仍以子称,以续其嗣。有钱人老魏则放出豪言,将来要把马车制成标本,活着每天看到,死时一道埋葬,连墓地都选好了。

谁也没想到,马车突然有一天就跑了。

立春季节,几乎全世界的母狗都散发着骚味。据说这种气味和电磁波相仿,不会被高墙阻隔,能传出很远。即便老魏和小陈家的门窗紧闭,马车这样的公狗还是闻到了这股在空气中无处不在的骚味。我们可以想象这一气味是呈烟云状的,它有时像一团暴雨将至的乌云，举世惊叹；有时也像一条质地柔细的丝巾，无孔不入。当然，将之理解为雾霾那样的颗粒状可能更好，均匀地遍及任何一个角落。它们可能来自本栋单元楼里一条巴儿狗，也可能来自马路对面小区里那条漂亮的哈士奇，工地上的藏獒以至动物园里豺狗也可能会向马车发出邀请。总之，按小陈的话说，之前几天，马车在家里寝食难安，狂躁不已，夫妻二人已是相当谨慎。

小陈喝多了爱哭，她抹了把泪说，如果是从我手上丢的，他可能会打死我。

好在马车是在老魏手上丢的。他牵着它在小区里晃荡，然后在小卖部买瓶矿泉水，掏钱的时候手有点松，马车就跑了。烟和钱他都没来得及拿，就追了过去，但一个拐弯，马车就消失了，再也找不着了。

经验告诉我们，丢了就丢了，正如二哥的黑豹那样。我是这么安慰这对夫妻的，这种狗不太可能被剥皮吃肉，还是被收养了，当年你们不也是这样捡来的吗，前主人的懊悔和悲痛未必就逊色于你们呀。

不过这种安慰并没有什么用。找狗才是当务之急。印刷和张贴启事，动用朋友渠道在报纸、电台和电视台悬赏，微博上更是不舍昼夜地刷屏。到了后来，微博已不再是指使朋友转帖，而是对马车的喃喃私语：

马车，你又去远行了吗？为什么不带上爸妈？爸妈为了带你旅行,特意换了宽敞的越野车供你看风景。五年来,爸妈带着你跑遍了半个中国,你已是个小小旅行家,当你飞奔在若尔盖草原时,你更已成为真正的草原巴特尔,一如你的名字——马车!好孩子,快回家!

因为马车的失踪,酒局自然是变味,以至暂停了。朋友们当然要出于友谊帮助寻找,不过,后来我们发现,所谓的帮助也无非是在微博上转转帖。和转一个与我们无关的寻人启事没有任何区别。那些失踪的儿童,那些走失的老人和妇女,走时穿着什么都被正儿八经地描述了。我们也帮转了,但他们有没有被换了一套衣服呢?他们最终回到家中了吗?难道需要我们走上街头奔走呼号?到最后,我们甚至已不好意思再致电安慰和询问。"马车有消息了吗?"这更多的是像在不怀好意地提醒这对沉浸在丧子之痛中的夫妻:嘿嘿,你们的儿子真的没有啦!

5

黑豹失踪不能理解为狗的情欲问题。在乡村,狗在性生活上并不压抑。它们没有道德和伦理的束缚,没有门第之见,没有彼此挤对和互相伤害,只要两情相悦,它们就在田间地头交起了尾,任你用扁担驱赶也难分开。

周身黑亮的黑豹是我见过的最漂亮的狗(在我看来比马车漂亮),它长大了也没有像二哥说的那样变色(张飞倒是有变化,越来越丑),怎么说呢,一道黑色的闪电?它不但和自己的母亲交配，还和村里许多其貌不扬的小母狗保持着奸情。它不是滥情，可以理解为施舍，施舍它的健美和精液。这个世界上，最妒忌它的应该是曹福坑这样的人。黑豹短暂而辉煌的一生，对于后者这位资深光棍来说，简直是一种侮辱和嘲讽。事实也似乎就是这样，曹福坑对待张飞，只是捉弄和吓唬，对待黑豹则是棍棒石块相加。如果不是曹福坑死在前面，二哥完全有理由相信，是他弄死了黑豹。

曹福坑死在了一个冬天。人们发现他的时候，他两腿向上地被冻在了河里。人们能够认出他的皮裤。等大家敲碎了冰，用笆子将他笆到岸边的时候，他仍然头朝下地漂移。皮裤里空气充盈，这是他在水中无法翻身活活溺死的原因。等大家把他从水里捞上来，他的腿脚依然是干的。真是一条好皮裤。然后就下起了雪。曹福坑当然被他的兄弟和妹妹埋了，但现在回想起来，我总觉得他还穿着皮裤躺在岸边。天上大雪纷纷，一会儿他的黑色皮裤就看不出来了，然后和河岸混为一体。

紧接着黑豹就失踪了。二哥最终也没有实现承包鱼塘的梦想，甚至初中没念完就因为打架斗殴被学校勒令退学了。他和一个远房亲戚（确实是我没见过的亲戚）学开汽车，因为当年身高不够，在驾驶座上还垫了个枕头。二哥算是这个时代比较早学会开汽车的人。所以在我整个青春期，二哥都是混得很好的样子。抽好烟，穿奔裤，佩戴 BP 机，然后是大哥大。他还组织过货运车队，拥有过两辆黄河大货车。这是一种燃烧柴油，马力强大，体形惊人的车。他开着它回到村里，在村道的泥地上留下两道深刻的轮迹，经久不消。在门前刹车停下后，我们可以看到，从高高的驾驶舱

247

里跳下的还有一位皮肤雪白、面目姣好的姑娘,看起来一点儿不像本地人。而且每次都是不同的姑娘。二哥还带着这个姑娘来到我家,坐在我的床上和我聊天。我还没有学会抽烟,但他还是执意给我点上。表示这样才像一条汉子。他信手翻我床头码得整整齐齐的书本,然后随意地扔在一旁。他建议我不要念书了,念书没用,他说,真的,一点用也没有。我还记得他和女孩走后,我的床单上除了因为他躺着弄得皱巴巴的样子,旁边还有一朵臀部的痕迹,是那个女孩的。

然而多年以后,我的二哥并没有成为老魏那样的有钱人。他被人骗了,但他自己不承认,总之那两辆黄河大货车没有了。他娶了初中女同学,在公交公司开82路车。82路是郊县车,我很少坐,有限的几次,也没有遇到他。他说,你可以报我名字,他们就不会要你刷卡。

6

马车找到了。

这已经是老魏和小陈放弃希望的时候。因为彼此埋怨,经过最初几天的争吵和谩骂之后,他们已不愿意和对方说话,连看也不想看到对方。小陈去朋友家借宿,不断强调跟老魏这几年完全是一场噩梦。

老魏没有打电话,而是直接上门来告诉小陈关于马车的情况。

一个男的打电话给他,说看到了寻狗启事,自己不久前捡到的狗完全吻合启事上的样子。但这时候电话就突然断了。老魏回拨过去，关机。怎么办？

真的？小陈确实是从沙发上跳了起来。

他们一直不断拨那个手机，除此之外就是攥着手机等待对方来电。而此时其他电话一概掐断。到了傍晚，那个手机开了。过了好一会儿，对方才接听，问找谁？老魏赶紧述说来意。对方确认狗确实在他那儿，表示自己也很喜欢这条狗，而且他打听过了，一条成年苏格兰牧羊犬确实不便宜。然后反问老魏，你悬赏的 5000 块钱是不是少了点儿？是不是对这条狗的不尊重？无非是讨价还价，最后敲定一万，以一手交钱一手交狗的方式将马车送还。

我其实可以报警，事后老魏说，因为悬赏是 5000，这相当于契约，少给了算我不守约。要一万就不对了，另外 5000 等同于对方在敲诈。不过，算了，老魏觉得自己没必要较真了。一方面自己不缺这一万块钱，另一方面对方在暗处，自己在明处，得罪了这些人，也不明智。此外，老魏已届天命，他对马车失而复得整件事的理解已不愿就事论事来对待。也许是救他一劫呢？马车丢掉，然后找它，这让他无暇其他。而可能恰恰这段时间，在其他上存在着一个恶一个灾，而因为没有介入就这么被消除了。比如吧，我在外喝酒，然后逞能酒驾，一头撞死在高速公路上了，你说呢？

约定晚上九点在中山北路过街天桥上交狗。老魏有点忐忑，怕自己中计。有狗，敲诈更多；没有狗，直接绑架。老魏早年当诗人时，留过长发，飘过江湖，在内蒙古和海南都跟人干过架，有个人被自己一脚踢到裆，当场就死过去了。有没有真死，或者有没有废掉？老魏不知，也吓坏了，跑了。一对一格斗，老魏怕过谁。不过这年头他们是怎么玩的，老魏吃不准。就打电话到公司，叫司机小李找几个哥们过来。宽敞的越野车塞得进这么多人。先交代了，老魏和马车没问题，他们别下车，就自己跟他们交易。

九点到了，有个牵狗的女人过桥，老魏迎上去，狗不是。路人。电话拨过去，问怎么还不见人。对方说，换地方了，马上去三台洞公园门口。三台洞紧靠长江，古代是和尚道士修炼之所，有些遗存，属于文物保护单位，但因为规模太小，位置太偏，白天就没有多少游客。且附近没有什么居民，只远远可以看到江滩上有几间简易棚。挖沙的，打渔的，或者就是流浪汉、乞丐什么的栖身之所。总之，这里入夜黑灯瞎火，犯罪条件充分。

再拨过去，对方说，数数江滩上几间简易棚？

老魏数了数，三个。

嗯，没错。中间那个你去一趟。对了，你手机带手电的吧？

可以。

进去，里面有顶草帽，拿着回家，别上楼，在你楼下给你狗。

确实有顶草帽，半新，红漆写了"为人民服务"五个毛体字。像刚放在地上的。老魏想了想，戴在自己的头上。

回家到楼下，树影里蹲着两个人，躺着一条大狗，正是马车。

给它吃了药，待会儿就好，这个你放心，其中一个站起来第一句就是这个。小陈扑上去，将马车那张大长脸抱在怀里，马车马车地叫。光线差，看不到泪流满面什么的。

已经很清楚了，连住哪儿都摸清楚了，人家就是干这行的。

老魏在回来路上憋了一肚子气，这阵势看来也没必要撒了。更没必要招呼小李几个哥们上来动手了。

钱数都没数，拿上就直接揣怀里招呼另外那个蹲着的走了。老魏说。

小陈不同意他这说法，补充道，那家伙还伸手从老魏头上摘下草帽戴在自己头上，还说了个谢谢。

此外，那人还问老魏：换了三个地方，你是不是觉得我在耍你？没等老魏回答，他自己答了：这叫诚意。

7

最后我要说说张飞。

可能因为胆小，躲过了各种诱捕和毒杀，它活了很长时间。在这段时间里，我的祖母和父亲先后死掉了。然后姐姐出嫁，然后我大学毕业留在了城里，并将母亲接了过来。搬家那阵，我们几乎忘记了张飞的存在。虽然它不是那么活跃，但仍然是一条草狗，不是宠物，没法待在城里单元楼里。起码我是这么看的。小猪、老鼠，甚至蛇都可以当宠物，但时至今日，我也没有看到有一户城市居民会收养一条草狗作为自己的宠物。

搬家当天，母亲在副驾驶位子上，她当然没有看到张飞跟着卡车奔跑的样子。我和那些破烂家具并排站在货车上，看到了张飞。它其实跑得相当吃力，它已经很老了。但它还是坚持。我难过极了，没有任何办法，只能挥手示意叫它别跑了，别送了。送到村口，它就不再跑了，就那么站在那儿目送着卡车越来越远，它越来越小。它是一个一辈子没有出过村子的狗，就好比奶奶，一辈子没有坐过汽车没有进过城。

你感动了吗？如果你感动了你就上当了。事实并非如此。当天没有发生张飞跟着卡车跑的事。之前我们就把它送给姐姐家了。姐姐就嫁在村里。张飞平时就经常到她家走亲戚，虽然每次去也能捞点剩饭剩菜吃吃，但姐姐对它并不热情。姐姐这个人，考大学考了三次，最终也没考上，然后到村小学里做了代课老师（现已被辞退）。姐夫跟她青梅竹马，是村里的会计，也算门当户对吧。我脑子里始终是她当姑娘时的样子，在她的枕头下有个软面抄本，上面抄满了汪国真、席慕容什么的诗。她最喜欢对着镜子唱歌，唱《大海呀故乡》，还有齐豫的《橄榄树》。

张飞并没有在她家住下，而是每天还在我们老房子的门前卧着，饿了才会到姐姐家吃点儿。考虑到妈妈和弟弟都离开了村子，张飞算是姐姐硕果仅存的亲人之一，在最后的日子里，她总算对它好了起来。如果张飞没有上门，她会端一碗剩饭剩菜主动送过来。

张飞真的老了，姐姐后来跟我们说，既不到处跑，也不叫了。曹福坑活过来继续捉弄它，它大概都不叫了。就这样，它每天都这么在无人居住的老房子门前卧着，风吹日晒，日升日落。台阶上枯草开始疯长，门板上油漆开始剥落，那把大锁也开始锈迹斑斑，被母亲和存折放在一起的钥匙大概已经不能打开它了。总之，它身后屋内主人的气味已越来越稀薄。直到有一天，姐姐端着饭来给它吃的时候，发现张飞已经在门前死了。